Roberto Campos Pellanda

Mentes Roubadas

MENTES ROUBADAS
Roberto Campos Pellanda

Editor
Sebastião Haroldo de Freitas Corrêa Porto

Projeto Gráfico
Feco Porto

Capa
Cauê Porto

Revisão
Silvana Pereira de Oliveira

Dados Internacionais de Catalogação na Publicação (CIP)
(Câmara Brasileira do Livro, SP, Brasil)

Pellanda, Roberto Campos
　　Mentes roubadas / Roberto Campos Pellanda. --
São Paulo : Porto de Idéias, 2009.

　　ISBN 978-85-60434-57-2

　　1. Ficção policial e de mistério (Literatura
brasileira) I. Título.

09-10527　　　　　　　　　　　　　　　　　　CDD-869.93

Índices para catálogo sistemático:

1. Ficção policial e de mistério : Literatura
　brasileira 869.93

Todos os direitos reservados à
EDITORA PORTO DE IDÉIAS LTDA.
Rua Pirapora, 287 – Vila Mariana
São Paulo – SP – 04008.060
(11) 3884–5024
portodeideias@portodeideias.com.br
www.portodeideias.com.br

À minha família.

Os homens não são prisioneiros do destino,
mas sim de suas próprias mentes.

Franklin D. Roosevelt

A mente é como um iceberg,
flutua apenas com um décimo de seu volume acima da água.

Sigmund Freud

Seus olhos abriram-se lentamente.

Estava deitado.

A luz da sala era tão forte, que só era possível abrir os olhos por apenas alguns milímetros. Através da fenda que se tornara o seu campo de visão, não era possível divisar nada do local onde estava além de um foco de luz branca intensa, que parecia emanar de um ponto acima de sua cabeça.

Não podia mover-se. Onde poderia estar?

A realidade da situação apoderou-se dele, súbita e terrivelmente.

Ele havia sido sequestrado na noite anterior, quando chegava tarde em casa.

Foi tomado por um pânico irracional. Suas pernas e seus braços foram tomados por espasmos e passaram a não mais obedecê-lo. Suava profusamente e sentiu um líquido, que sabia ser urina, escorrer pelas coxas.

O que fariam com ele?

O som de seu pensamento foi abafado pelo do coração trovejando em seu tórax. O ruído do sangue fluindo violentamente através das artérias de seu pescoço era como um martelo, que parecia bater diretamente no seu ouvido interno.

Tentou acalmar-se. Precisava manter a razão.

Abriu os olhos um pouco mais, lutando contra um rio de lágrimas que se formava para protegê-los da luz tão intensa.

Subitamente, um monitor de LCD desligado foi posto em sua frente.

Um filme teve início. Era um desenho.

Havia um elefante roxo, com olhos grandes e redondos e um sorriso alegre. Ele sacudia a tromba de um lado a outro, enquanto dançava e cantava "Cereal DeliCrunch, você tem que experimentar! Experimente!...".

Ficou fascinado com o elefante roxo... como ele poderia ser tão feliz?

Surpreendeu-se ao ver que ele próprio estava se sentindo bem.

O que é que este filme havia feito com ele?

Sabia que havia algo errado.

Um rosto humano encoberto por roupas e máscara cirúrgicas apareceu em seu campo visual.

Era possível ver que, sob a máscara, o rosto estava sorrindo.

Sentiu a picada de uma agulha no braço direito.

Foi tragado pela escuridão como se o próprio universo tivesse colapsado para dentro de si, levando junto toda a luz no processo.

São Paulo, Brasil, Terça-Feira, 2 de Setembro de 2008.

Passavam vinte minutos das sete horas da manhã quando o detetive de polícia Paulo Westphalen estacionou o carro em frente de casa, em um bairro de classe média de São Paulo.

Mesmo depois de vinte e dois anos como detetive, ele ainda trabalhava à noite com bastante frequência. Sabia que não havia muita escolha, pois ele atuava na divisão de pessoas desaparecidas da polícia e boa parte das informações que levavam à resolução dos casos só podia ser obtida durante a noite.

Paulo não cabia no estereótipo habitual do policial de meia idade. Ele não possuía uma coleção de ex-esposas, não tinha filhos problemáticos e nem ao menos bebia. Ele era, na verdade, muito bem casado. A sua esposa, Margarida, era enfermeira e eles já estavam juntos há cerca de vinte anos, ainda compartilhando a mesma cumplicidade que tinham quando eram namorados. Ela compreendera, desde o início, a natureza incomum do seu trabalho, que incluía não só os dias e noites de ausência, mas também a existência de alguns casos que poderiam romper a barreira do seu profissionalismo e atingi-lo pessoalmente.

A parceria deles também tinha resultado em dois filhos: José, um rapaz estranhamente maduro para os seus dezesseis anos, e Antônio, o caçula, que tinha sete anos.

Ao aprender a ler com três anos de idade, Antônio tornara-se o centro das atenções. Com uma inteligência fora do comum, a sua criação havia se tornado um desafio para Paulo e Margarida. Ele tinha, como muitas crianças em situação semelhante, grandes dificuldades ao tentar se ajustar às escolas tradicionais, além de problemas de relacionamento com outras crianças. Paulo e Margarida tentavam conduzir a situação com bom senso, buscando dosar os estímulos intelectuais que ele gostava, com atividades físicas obrigatórias que não gostava, mas que o ajudavam a aproximar-se de outras crianças.

Para Paulo, o fato de ter enfrentado uma infância difícil fez com que um de seus objetivos principais na vida fosse formar uma família e ter filhos. Seus pais haviam falecido em um acidente de carro quando tinha oito anos. Como era filho único e não tinha parentes próximos na cidade, ele foi enviado a um orfanato. O fato de já ser uma criança maior significou que tinha poucas chances de ser adotado, o que realmente acabou por acontecer apenas quando completou doze anos de idade. Ele foi escolhido por uma senhora viúva, dona Carmen, a qual, após a morte do marido, tinha decidido adotar um número grande de crianças maiores. Ela se tornou efetivamente a segunda mãe de Paulo.

Lembrou-se de como estava exausto ao percorrer o curto jardim da casa. Após quatro dias de chuva contínua, a frente fria afastou-se e o céu estava claro. A temperatura havia baixado consideravelmente e o gramado estava coberto de orvalho.

Paulo entrou na casa pela porta dos fundos que conduzia diretamente para a cozinha, onde Antônio estava assistindo televisão e tomando o café da manhã sozinho. Margarida e José já haviam saído.

O cachorro vira-lata da família, Platão, estava deitado no chão da cozinha, assistindo televisão. Seu estado de languidez era tanto que ele nem se mexeu quando Paulo entrou.

– Bom dia! – Paulo falou.

– Dia... – Antônio falou com a boca cheia de cereal e leite.

Paulo beijou-o na testa.

Por sobre a mesa, ao lado da sua tigela com leite e cereal, estavam espalhadas diversas folhas de papel, que ele havia preenchido com equações matemáticas. Antônio olhava fixamente para um relógio digital que estava à sua frente, também sobre a mesa. Ele contou números em voz baixa e de repente disse, sobressaltado:

– Então, aí vai! De novo! – Falou e apontou energicamente para a televisão, que começou a exibir o comercial de um cereal. O filme era um desenho animado estrelado por um elefante roxo simpático que cantava e dançava, convidando a provar o tal cereal. Neste momento, subitamente, Platão endireitou-se e vidrou os olhos na tela da televisão.

– O que foi meu filho? – Paulo perguntou

– Esse comercial. Tem alguma coisa errada nele. Muito errada – ele disse, sacudindo a cabeça negativamente e voltando os olhos novamente às folhas de ofício repletas de equações.

– E o que seria? – Paulo perguntou.

– Essa propaganda obedece a alguns padrões matemáticos muito interessantes – Antônio falou. – Em primeiro lugar, ela é sempre veiculada em horários cujos algarismos dos minutos são números pertencentes à sequência de Fibonacci, por exemplo: 7:00, 7:01, 7:02, 7:03, 7:05, e assim por diante. Frequentemente, por causa da programação, pula um número da sequência, mas quando aparece, o minuto é sempre um número de Fibonacci. Em segundo lugar, durante a propaganda, o elefante roxo diz a palavra "Experimente!", também em uma numeração, considerando o início do desenho, que é sempre um número de Fibonacci. Exemplo: aos dois, três e oito segundos do início do desenho, o elefante diz "Experimente!".

– O que são números de Fibonacci? – Paulo perguntou – já se preparando para enfrentar uma resposta difícil.

— Os números de Fibonnaci são uma sequência numérica em que cada número é a soma dos dois anteriores. É uma sequência de números famosa, e as relações geométricas que os números que a constituem podem gerar são perseguidas por artistas e matemáticos desde a Idade Média. Além disso, muitas coisas na natureza têm um arranjo que segue os números de Fibonacci, tais como o padrão de ramificação das folhas de uma árvore, por exemplo — Antônio respondeu.

— Interessante... E o que é que isto tudo significa? — Paulo falou sorrindo, divertindo-se com a complexidade do raciocínio.

— Não tenho a menor ideia — Antônio falou, olhando desolado para as inúmeras folhas de equações à sua frente.

A propaganda acabou e Platão deitou-se novamente no chão, em um estado de semicatatonia, com as orelhas encobrindo parcialmente os olhos.

— O que há com ele? — Paulo perguntou.

— Era sobre isso que eu estava falando, esta propaganda do elefante roxo o deixa assim — Antônio respondeu.

Neste momento, o celular de Paulo vibrou e ele atendeu.

Paulo escutou em silêncio e então disse:

— Eu pego você em quinze minutos.

Paulo tomou rapidamente uma xícara de café e engoliu uma torrada.

— Vou ter que trabalhar em um caso extra hoje. Avise a sua mãe que eu ligo mais tarde — Paulo disse. — E leve Platão para passear, ele está é entediado.

Ele beijou Antônio na testa e saiu apressado.

A ligação que Paulo recebera era de seu parceiro, Miguel D'Andrea, que estava no Palácio da Polícia. Ele dissera que haviam sido chamados para um caso urgente e que a folga programada para o dia de hoje havia sido cancelada. O caso havia sido designado para eles diretamente pelo Chefe da Polícia. Este passaria a ser o segundo caso que tinham no momento.

O primeiro caso no qual já estavam trabalhando era bastante incomum. Nas últimas semanas, doze pessoas, seis homens e seis mulheres, foram sequestrados na cidade. Todas as vítimas haviam sido levadas tarde da noite e liberadas apenas algumas horas mais tarde, no final da mesma madrugada. Elas não apresentavam sinais de violência de nenhum tipo e relataram que nada fora roubado. Existiam alguns pontos que chamavam a atenção, como o fato de que as vítimas não se lembravam de nada do ocorrido, e o detalhe mais interessante e bizarro é que todas tiveram os cabelos totalmente raspados. Posteriormente às abduções, observaram que as doze pessoas sentiam-se bem e prosseguiam com as suas vidas.

Ao entrevistarem cada vítima nas horas subsequentes à sua liberação, contudo, haviam notado algo de estranho nelas. Todas estavam, em maior ou menor grau, desorientadas. Algumas chegaram a ponto de não saberem o próprio nome. Eram, entretanto, sintomas muito fugazes e que, apenas algumas horas mais tarde, desapareciam por completo. O que mais impressionara Paulo era uma observação recorrente que o perceptivo Miguel fazia quando eles entrevistavam uma vítima recém-liberada. Ele dizia que elas tinham algo faltando no olhar e na expressão facial como se, de alguma forma, parte do seu livre arbítrio tivesse sido removida. Paulo não tinha certeza se conseguia enxergar a mesma coisa, mas a ideia lhe dava arrepios.

A parceria de Paulo com Miguel já estava completando dois anos. Durante a entrevista de admissão, Miguel tinha provocado uma impressão marcante tanto em Paulo quanto no outro policial sênior que conduzia a entrevista.

Miguel tinha 29 anos de idade e a aparência de um jovem e bem-sucedido homem de negócios, algo que ele poderia muito bem ter se tornado se não tivesse optado pela carreira policial. Ele tinha uma presença física notável no ambiente, pois era alto e do tipo atlético. Em uma primeira impressão, podia-se tomá-lo como alguém deslocado na força policial, mas ele era um detetive eficiente, com uma mente analítica que operava rapidamente. Paulo acreditava que o que tornava a parceria de ambos eficaz era a combinação de qualidades de Miguel, tais como o seu *modus operandi*, e a sua facilidade em usar recursos tecnológicos, combinadas com algumas características e peculiaridades suas.

Acreditava que, quando ele e Miguel estavam realmente envolvidos em um caso, as mentes dos dois passavam a agir em sinergia. O cérebro de Paulo, embora também objetivo como o de qualquer policial, tinha uma capacidade incomum de fazer associações improváveis, baseadas, às vezes, em pequenos fragmentos de informação e, muitas vezes, em pura intuição. Em contraponto, a mente de Miguel era analítica e organizava rapidamente grande quantidade de informação. A combinação da intuição de Paulo com a lógica de Miguel produzia a melhor estatística de casos resolvidos do departamento.

Havia ainda outra característica marcante em Miguel, que se manifestava quando eles entrevistavam algum suspeito, a sua capacidade de escutar o que as pessoas tinham a dizer tanto através da linguagem verbal quanto não-verbal. Paulo acreditava que este tipo de habilidade era fundamental em um detetive e ele próprio aprendera com a experiência. Miguel, entretanto, parecia ter este talento como algo inato, o que possivelmente estava ligado à sua história familiar, já que a sua mãe havia sido uma psiquiatra forense.

O pai de Miguel fora um cirurgião geral bastante conhecido na cidade e tinha sofrido uma morte súbita, aparentemente relacionada a problemas circulatórios, há cerca de cinco anos. Ele não havia aprovado a decisão de Miguel de entrar para a academia de polícia.

Paulo parou o carro no estacionamento que ficava nos fundos do prédio do Palácio da Polícia. Miguel o esperava junto a uma entrada de serviço que dava para o estacionamento. Ele entrou no carro e Paulo acelerou, entrando na avenida e misturando-se ao tráfego.

– Então, já temos um caso nas mãos, que é o das abduções – Paulo falou.

– Isto tudo quer dizer que estamos ganhando um segundo caso?

– Exatamente. E este segundo caso arruinou o nosso dia de folga – Miguel respondeu.

– De que se trata? Paulo perguntou.

– Este caso veio diretamente do secretário de segurança para o chefe, que nos chamou. Trata-se de um caso de pessoa desaparecida de alta importância – Miguel respondeu.

Paulo viu-se dirigindo a esmo e perguntou:

– Para onde vamos?

– Vamos pegar a Rodovia Raposo Tavares, em direção a Cotia.

– Cotia? – Paulo falou para si mesmo. – Acho que você terá tempo para me contar de que se trata.

– O chefe me falou apenas superficialmente do caso. Estamos indo a uma clínica psiquiátrica de alto padrão e muito discreta, chamada Clínica Psiquiátrica Casa da Montanha. Está localizada na área rural do município – Miguel falou.

— Algum dos médicos sumiu? — Paulo perguntou.

— Um dos pacientes desapareceu esta manhã, bem cedo. O nome dele é José Luis Maximiliano, tem trinta anos de idade e sofre de uma forma muito grave de esquizofrenia catatônica. Ele sumiu do seu quarto privativo, no interior das dependências da clínica. O caso veio tão rapidamente até nós porque o pai dele é o megaempresário e filantropo, Siegfried Maximiliano, que você conhece, naturalmente — Miguel falou.

— Eu e o resto da cidade. Ele é o fundador e executivo principal da InMax, um dos maiores conglomerados empresariais do país, além de um filantropo bastante ativo. Eu não sabia que ele tinha um filho em uma instituição psiquiátrica — Paulo falou.

— Pouca gente sabe, e o chefe enfatizou que devemos manter a coisa assim. Temos instruções para priorizar esse caso e conduzi-lo no mais alto grau de sigilo, o que significa não discutir nada com ninguém de fora — Miguel falou.

— É algo que ajuda muito quando se procura alguém que desapareceu — Paulo falou. — Não gosto do jeito desse caso e nós ainda nem começamos.

Enquanto percorriam a autoestrada, afastando-se da cidade, Paulo ponderou, como às vezes fazia, sobre a sua decisão de tornar-se um detetive especializado em investigar casos de pessoas desaparecidas. Durante a sua juventude, Paulo havia sido um aluno brilhante, principalmente em ciências humanas, o que tornava claro para todos ao seu redor que ele teria uma carreira acadêmica promissora. Internamente, entretanto, Paulo era atraído, como que magneticamente, pela ideia de investigar o vazio que surgia quando alguém desaparecia. Ele achava que talvez a sua escolha profissional tivesse relação com sua história pessoal, já que o vácuo que surgiu em sua vida pela ausência súbita dos pais não era tão diferente do vazio que surge em uma família que tem alguém, mesmo que temporariamente, desaparecido.

O trânsito intensificou-se na medida em que se aproximavam da cidade de Cotia. Eles cruzaram rapidamente a periferia da cidade e dirigiram-se para o norte, através de uma estrada municipal, para a área rural do município.

A clínica estava localizada no final de uma pequena estrada asfaltada, cercada por árvores altas e vegetação tão fechada que chegava a ocultar parcialmente a luz do sol que já começava a subir.

No final da estrada estava o portão de entrada, que era alto e estava guarnecido por uma dupla de seguranças. De cada lado do portão estendia-se um imponente muro de concreto, com cerca de cinco metros de altura, que se perdia em seguida na densa vegetação que flanqueava a estrada. No topo do muro era possível ver um sistema de cerca elétrica instalado.

Apresentaram as suas identidades policiais para um dos guardas, que ordenou que o portão fosse aberto e os liberou para entrar após inspecioná-los longamente. Os portões abertos revelaram uma via asfaltada, em aclive discreto, que ondulava através de um jardim amplo. A beleza do lugar hipnotizou a ambos instantaneamente. O jardim era muito bem cuidado, com uma grama verde escura, milimetricamente aparada, permeada por canteiros de flores e pequenas fontes de água ornamentais.

O caminho asfaltado terminava em um semicírculo, que dava diretamente para a entrada principal da clínica. Ao lado, havia algumas vagas de estacionamento para visitantes, onde deixaram o carro.

A casa em que estava instalada a clínica era tão impressionante quanto o jardim que a cercava. Tratava-se de um imenso sobrado de dois andares, em estilo colonial português, muito bem conservado e que fora recente e cuidadosamente pintado.

– Se algum dia eu ficar maluco, me traga para cá... – Miguel falou abismado com a beleza do lugar.

– Os nossos contracheques não pagariam nem por uma hora de internação em um lugar assim – Paulo respondeu.

Um homem vestido de branco estava esperando por eles junto à entrada principal da casa. Ele apresentou-se como Dr. Eduardo Carvalho, psiquiatra e diretor–médico da Clínica Psiquiátrica Casa da Montanha.

Dr. Carvalho parecia estar na casa dos quarenta e falava de maneira pausada e com uma voz suave, estratégia que Paulo achou que deveria ser útil para se comunicar com os seus pacientes mais exaltados. Ele era um homem alto, magro e já tinha os cabelos discretamente grisalhos.

Após as apresentações, Paulo solicitou ao médico que os levasse até o quarto que era ocupado por José Luis Maximiliano. O médico os conduziu pelo magnífico *hall* de entrada, que tinha pé direito duplo e terminava em duas amplas escadarias em semicírculo, cada uma iniciando de um lado do ambiente, mas ambas convergindo no segundo andar. O *hall* de entrada também continha um posto da segurança, com um oficial de plantão.

Enquanto subiam as escadarias, Dr. Carvalho falou:

– Eu imagino que a pressão exercida sobre vocês, neste caso, deve ser considerável.

– Em casos assim, em que a família do indivíduo desaparecido é muito importante, uma dose extra de pressão é sempre esperada – Paulo respondeu, já que Miguel parecia hipnotizado pela perspectiva do *hall* de entrada, agora visto do alto das escadarias.

– Não era por isso que eu tinha imaginado – Dr. Carvalho falou. – É que avisamos a respeito do desaparecimento do paciente há apenas algumas horas e vocês não são os primeiros policiais a nos visitar.

Paulo e Miguel entreolharam-se. Eles pararam de caminhar ao terminar de subir as escadas.

O silêncio estimulou Dr. Carvalho a continuar:

– O detetive Alberto Dias, da Divisão de Pessoas Desaparecidas da polícia de São Paulo, acabou de sair. Por esse motivo é que eu já estava na porta principal.

Paulo e Miguel trocaram novos olhares. Ambos sabiam que não existia nenhum detetive com aquele nome no departamento. Paulo decidiu mudar de assunto, pois não queria alertar o médico neste momento.

– Fale-nos sobre a clínica, doutor – Paulo pediu.

– A nossa clínica tem como objetivo prestar tratamento e assistência de excelência a qualquer condição psiquiátrica que requeira internação. Os nossos pacientes normalmente sofrem de esquizofrenia ou depressão maior, com risco de suicídio. O nosso padrão de assistência situa-se muito acima da média de outras instituições.

– Qual é a capacidade de atendimento da clínica? – Miguel perguntou.

– Nós temos quatro enfermarias, duas no primeiro andar e duas no segundo, cada uma com sete quartos privativos. Isso significa que a nossa capacidade máxima é de vinte e oito pacientes – Dr. Carvalho respondeu.

– É um número relativamente pequeno de pacientes para tamanha infraestrutura – Miguel ponderou.

– Como eu havia dito, o nosso padrão de atendimento está muito acima da média – Dr. Carvalho respondeu e, após uma breve pausa, acrescentou: — E os nossos serviços não estão disponíveis para todos.

O médico os conduziu para a enfermaria que ficava à direita de quem havia terminado de subir as escadas. A enfermaria era um corredor longo, com sete portas distribuídas de ambos os lados. A meio caminho de distância até o final do corredor estava localizado o posto de enfermagem.

O quarto que José Luis Maximiliano ocupava era o último à esquerda.

— Alguém já esteve aqui? — Paulo perguntou, preocupado ao ver a porta do quarto entreaberta.

— O detetive Alberto Dias esteve aqui há pouco.

— Precisamos isolar este quarto, doutor, de forma que ninguém mais entre sem a nossa autorização — Paulo falou.

Dr. Carvalho assentiu.

O quarto era espaçoso, mas escassamente mobiliado. As únicas peças de mobília presentes eram, além da cama, uma mesa de cabeceira sem gavetas, um armário sem portas e uma poltrona sem estofamento. Havia uma janela gradeada que fornecia uma vista privilegiada do jardim. À esquerda, uma porta conduzia ao banheiro, que era também sumário em sua decoração, tendo apenas o vaso sanitário, a pia e um box com chuveiro. No chão do banheiro havia um cesto plástico para roupas sujas. Dr. Carvalho explicou que as particularidades no mobiliário tinham um único objetivo: evitar que os pacientes tivessem meios para se ferir.

— A que horas o desaparecimento do paciente foi percebido? — Paulo perguntou depois de examinar o quarto com os olhos demoradamente.

— Às quatro horas desta madrugada. Todas as noites, a auxiliar de enfermagem de plantão de cada enfermaria visita cada quarto, a uma e às quatro horas da manhã. Esta visita faz parte da nossa rotina e ocorre mesmo que o paciente não tenha medicamentos a serem administrados – Dr. Carvalho falou. – Na checagem das quatro horas, o leito de José Luis Maximiliano foi encontrado vazio. A enfermeira, o psiquiatra de plantão e a segurança foram imediatamente notificados.

– E alguém relatou ter visto algo fora do habitual? – Miguel perguntou.

– Ninguém relatou nada fora do comum – Dr. Carvalho respondeu. – A segurança realizou uma busca minuciosa tanto dentro da clínica quanto no jardim, assim que foram informados.

– A este ponto, poderíamos presumir que o paciente fugiu por conta própria – Paulo falou.

– Isso seria impossível – Dr. Carvalho falou rapidamente.

– Por quê? – Paulo perguntou.

– José Luis está internado em função de um quadro grave de esquizofrenia catatônica. Ele está conosco há mais de dez anos e, neste período, nunca fez nenhuma tentativa de comunicação ou nos forneceu quaisquer indícios de que estivesse conectado com o mundo exterior.

– Mas ele poderia andar? – Miguel perguntou.

– Bem, em teoria sim. É preciso compreender a natureza da sua doença, entretanto, para entender porque ele simplesmente não o faria. A gravidade do seu quadro clínico é tanta, que ele não tem, na verdade, nenhuma vida fora de sua própria mente. Em tese, ele poderia caminhar e até fazer outras coisas, mas na prática ele não tem o estímulo interior, ou o desejo para fazê-lo.

– E ele seria capaz de emitir algum som, se incomodado? – Paulo perguntou.

— Acredito que não. Nunca o vimos produzir nenhum som, nem mesmo um grunhido – Dr. Carvalho respondeu.

Após uma breve pausa, Miguel desabafou:

— Temos um indivíduo, que não deu um único passo por conta própria na última década, que resolve desaparecer. Para cumprir esta tarefa, ele tem que passar, furtivamente, por um corredor vigiado por uma enfermeira e uma auxiliar, depois descer um lance de escada e atravessar um posto da segurança. E aí vem o melhor: depois disso tudo, ele ganha o pátio, que é cercado por muros de concreto imensos, cobertos por cercas elétricas. É difícil de conceber.

— Eu concordo – Paulo falou. – Temos que trabalhar com a hipótese de que ele foi levado.

— Mas como? – Miguel perguntou, não esperando uma resposta.

— Acho que vocês terão muito trabalho pela frente – Dr. Carvalho falou.

Dr. Carvalho pediu licença e deixou os dois detetives sozinhos no quarto. Paulo pediu a Miguel que telefonasse para a delegacia e solicitasse que a perícia examinasse o quarto imediatamente. Paulo havia pedido ao Dr. Carvalho para conversar com o psiquiatra responsável por José Luis, mas foi informado de que ele estava em férias e só retornaria dentro de três semanas. O Dr. Carvalho prontificou-se a revisar o prontuário de José Luis, em busca de alguma mudança recente em seu quadro clínico.

Decidiram dividir-se, Paulo falaria com a enfermeira de plantão, e Miguel entrevistaria o Chefe da Segurança e tentaria ligar para o psiquiatra que estivera de plantão à noite e já tinha ido embora.

A enfermeira apareceu na porta do quarto e apresentou-se. Seu nome era Maria Regina Dias e ela tinha sido responsável pela enfermaria durante a noite. Era uma mulher obesa, com cerca de cinquenta anos e vestia um uniforme branco muito frouxo, que a fazia parecer ainda mais gorda. Tinha um rosto redondo, amigável, com bochechas vermelhas e grandes olhos azuis.

– Bom dia. E obrigado por adiar sua saída, eu sei que você deve estar cansada – Paulo falou.

– Não há problema nenhum, pois estamos todos muito preocupados com José Luis – ela respondeu.

Paulo assentiu.

– Quantas pessoas trabalham na clínica durante a noite e, destas, quantas têm acesso à enfermaria e aos quartos? – Paulo perguntou.

– Em qualquer horário, não importa se é dia ou noite, temos duas enfermeiras, uma para as duas enfermarias do primeiro andar e a outra para as enfermarias do segundo andar. Cada enfermaria conta com dois auxiliares de enfermagem durante o dia e um durante a noite. Durante a noite temos um único psiquiatra de plantão, que atende eventuais intercorrências em toda a clínica. O quarto dos médicos fica no primeiro andar.

– Quem era o auxiliar de enfermagem que esteve com você nesta noite?

– O nome dela é Lúcia Costa. Ela não pôde esperar porque tem uma criança pequena em casa – a enfermeira falou. – Devo acrescentar que ela é uma profissional experiente e respeitada e que vem cuidando de José Luis há muito tempo.

– Pelo que entendi, a auxiliar deve checar cada paciente duas vezes por noite. Você saberia dizer se ela realizou as suas rondas normalmente e se relatou algo fora do normal em alguma delas? – Paulo perguntou.

– Ela certamente fez as duas rondas noturnas e não relatou nada estranho na primeira, por volta da uma hora. Mais tarde, na segunda visita, como o senhor sabe, ela foi a primeira a perceber que José Luis havia sumido.

– Teremos que falar pessoalmente com Lúcia – Paulo falou.

– Ela não retornará nesta próxima noite, já que é a sua folga depois do plantão, mas eu posso lhe dar o seu celular.

Quando Paulo e Miguel se reencontraram, era quase meio-dia. Miguel falara com o Chefe da Segurança, que tinha dito que havia três oficiais de plantão durante a noite. Dois deles ficavam no posto da segurança no hall de entrada e um ficava na guarita, junto ao portão externo. Ao serem avisados pela enfermeira Maria Regina, os seguranças foram diretamente para o quarto de José Luis, onde não encontraram nada fora do lugar, excetuando-se a óbvia ausência do paciente. Durante a busca pelo resto da clínica e no jardim, nada de suspeito foi encontrado. Ele tinha confirmado para Miguel que o portão era a única maneira de entrar ou sair da propriedade, e que não existiam sinais de que o mesmo havia sido forçado ou danificado. Era possível afirmar isso com certeza, já que a cerca elétrica montada sobre o muro estava equipada com um sistema de alarme remoto operado por uma empresa de segurança. A empresa confirmara que não houvera alarmes durante a noite. O Chefe da Segurança também afirmou que, depois de concluída a procura por José Luis no terreno da clínica, seus homens chamaram a polícia local, que enviou uma viatura, a qual não chegou a entrar, mas fez uma ronda nas imediações, não encontrando nada suspeito.

A clínica tinha um circuito fechado de televisão (CFTV), com uma cobertura ampla do portão e do jardim, mas um tanto limitada no interior da clínica, onde restringia-se ao *hall* de entrada e a cada um dos quatro postos de enfermagem. Miguel solicitou as fitas referentes à última noite e também disse que precisaria falar com os seguranças de plantão.

A equipe da perícia chegou pouco depois do meio-dia. Paulo os instruiu a trabalhar imediatamente no quarto de José Luis e depois selá–lo. Posteriormente, eles deveriam processar o restante da enfermaria e do jardim.

Paulo e Miguel aceitaram a oferta do Dr. Carvalho para almoçar na cantina dos funcionários. Ao terminarem a refeição, retornaram para a enfermaria onde encontraram o pessoal da perícia concluindo o trabalho no quarto.

O líder da equipe, Marcos, aproximou-se:

– Não encontramos nada que possa ajudar. Como esperado, o quarto está cheio de impressões digitais, as quais teremos que comparar, mas, possivelmente, pertencem aos funcionários.

– E a janela? Tem sinais de que foi forçada, ou algo assim? – Miguel perguntou.

– As barras da grade são bastante grossas e, assim como o marco da janela, não parecem ter sido forçados. De maneira geral, o estado de conservação do quarto é muito bom. Agora vamos seguir para o resto da clínica – Marcos falou.

– Ainda temos que assistir às fitas do CFTV que o pessoal da segurança irá nos fornecer – Paulo falou.

– Sem problemas, pegamos as fitas quando sairmos e podemos assisti-las todos juntos na delegacia, mais tarde – Marcos falou.

Já passava da uma hora da tarde quando Paulo e Miguel decidiram ir embora. Estavam exaustos, pois ambos também haviam trabalhado durante a noite. Na saída foram abordados pelo Dr. Carvalho.

– Eu gostaria de agradecer a vinda de vocês e a maneira rápida que responderam ao nosso chamado. Não preciso dizer como toda esta situação é embaraçosa para nós – ele falou.

Paulo assentiu e entrou no carro.

Paulo deixou Miguel em seu apartamento e depois dirigiu para casa. Eles combinaram descansar e reencontrarem-se, mais tarde, às oito horas da noite.

Amazonas, Brasil, Terça-Feira, 2 de Setembro de 2008. Cerca de 311 quilômetros a sudoeste de Ipixuna

Nos confins da floresta amazônica não existem estradas ou aeroportos. O único meio de transporte é através de barcos, que aventuram-se em milhares de quilômetros de rios sinuosos, de todos os tamanhos, muitos deles desconhecidos e que se entranham profundamente na floresta. Os caminhos que levam aos locais mais remotos da Amazônia são conhecidos por apenas poucos membros de tribos locais, algumas das quais nunca estiveram em contato com a civilização.

José dos Santos era funcionário do INCRA há cerca de dez anos. Ele havia formado-se em Antropologia em uma universidade de Manaus, onde morava. Apesar do emprego no INCRA, na época de sua formatura, não ter sido a sua primeira escolha, ele passara, com o tempo, a gostar do trabalho. Sua tarefa era localizar tribos isoladas, muitas das quais nunca tinham feito contato com a civilização moderna, descobrir o que podia sobre elas e, ao mesmo tempo, oferecer a assistência do Estado. O trabalho era, frequentemente, solitário e perigoso. Ele gostava do que fazia porque pensava que, no fim das contas, os relatórios que escrevia sobre as suas experiências com os índios na floresta acabavam por tornar-se verdadeiros tratados de antropologia da vida real.

José estava em pé na parte dianteira de um pequeno barco que disparava em velocidade através de um rio cada vez menor, a mais de trezentos quilômetros de qualquer sinal de civilização. Ele estava acompanhado por Paxuna, um guia indígena da região, que manejava o timão. Sua missão era localizar uma tribo indígena que havia sido avistada pela primeira vez por madeireiros, há cerca de seis meses.

José contava com o seu GPS e, principalmente, com a intuição de Paxuna, para tentar definir o ponto onde deveriam deixar o barco e aventurar-se na selva.

Era o início da manhã e as primeiras luzes do crepúsculo tingiam as nuvens de todos os tons imagináveis de rosa. Durante a noite chovera torrencialmente, mas agora havia apenas formações de nuvens altas no céu.

Paxuna, que falava muito pouco português, grunhiu algo em uma mistura de idiomas. José presumiu que ele queria dizer que era hora de deixar o barco na margem do rio, que havia encolhido, e agora não tinha mais do que alguns poucos metros de largura. O seu GPS parecia não discordar e ele sinalizou para Paxuna encostar o barco.

Entraram na floresta densa, Paxuna à frente abrindo caminho com dificuldade usando o seu facão. Em apenas alguns instantes eles já se viram envoltos pela selva, incapazes de visualizar, inclusive, a margem do rio que estava apenas alguns metros atrás.

Prosseguiram com dificuldade através da selva durante todo o dia, parando apenas brevemente para tomar água e uma refeição improvisada.

Já estava quase escuro e José sabia que precisavam encontrar um local adequado para passar a noite.

Subitamente, Paxuna gritou, em seu *pout pourri* de idiomas:

– Luzes! Lá!

José direcionou o olhar para onde Paxuna apontava histericamente. Teve de concentrar-se para identificar, por entre as árvores, o brilho fraco do que parecia ser iluminação artificial.

Aproximaram-se cuidadosamente da fonte de luz que emanava da vegetação logo à frente.

Se eles tivessem se deparado com uma lanchonete do McDonalds neste local remoto do planeta, não seria mais surpreendente do que a cena diante da qual estavam: a iluminação artificial provinha de um conjunto de choupanas situado em uma pequena clareira encravada na selva. Não havia ninguém à vista no local.

José percebeu que a luz se originava da janela de uma das choupanas. Aproximou-se, como que hipnotizado pela luz, e quando estava a cerca de dez metros da janela iluminada, começou a escutar uma música que dizia: "Cereal DeliCrunch, você tem que experimentar! Experimente!…". José estava atônito com a cena, que já beirava o surrealismo.

Aproximou-se um pouco mais e espiou pela janela.

Nada no mundo poderia ter preparado o funcionário do INCRA José dos Santos para a cena que ele passou a testemunhar através daquela janela aberta e que se desenrolava no interior da choupana.

Cerca de quinze índios estavam sentados diante de telas de computador que exibiam um desenho animado, que parecia ser um filme publicitário estrelado por um elefante roxo que cantava a música que ele ouvira antes. Os índios olhavam atentamente as telas e tinham as suas cabeças cobertas com o que parecia ser uma infinidade de pequenos eletrodos. Na outra extremidade do ambiente, estavam um homem e uma mulher brancos, relativamente jovens e que, José sabia, não eram brasileiros.

Depois do choque diante da cena, José voltou a si e retrocedeu um pouco para permanecer oculto. Ele sinalizou a Paxuna para que não se aproximasse. Ele próprio agachou-se e começou a afastar-se.

De volta à floresta, José estava confuso e perplexo com o que vira. O que é que eles estavam fazendo com aqueles índios? Parecia, com toda a certeza, ilegal. Ele avaliou que relatar o que acabara de testemunhar era mais importante do que fazer contato com os indígenas. Até porque, sem saber ao certo quem eram aquelas pessoas, ele não poderia garantir a sua segurança ou a de Paxuna.

José estava decidido: acampariam na floresta e, no dia seguinte, pela manhã, partiriam. Ele poderia voltar com uma equipe maior em uma semana. Enquanto isto, usaria o seu telefone por satélite para avisar o escritório em Manaus.

São Paulo, Brasil, Terça-Feira, 2 de Setembro de 2008.

Quando Paulo retornou ao Palácio da Polícia, eram oito horas da noite. Miguel já estava trabalhando na mesa ao lado.

– Eu não consegui descansar, então decidi continuar trabalhando – Miguel falou.

– Você deve estar exausto. O que temos?

– Informações isoladas que, quando colocadas juntas, não nos dizem nada – Miguel falou. – Eu liguei para o psiquiatra de plantão e ele não relatou nada fora da rotina até o desaparecimento de José Luis. Ele disse que esteve acompanhando José Luis nas últimas duas semanas, devido à ausência de seu colega, e que não houve nenhuma mudança recente no quadro clínico do paciente. Liguei também para Lúcia Costa, a auxiliar de enfermagem, e ela concordou em vir até aqui às oito e meia. O pessoal da perícia terminou de examinar a clínica e nada de suspeito foi encontrado, tanto no prédio quanto no jardim.

– E quanto às fitas do CFTV? – Paulo perguntou.

– Eu as assisti juntamente com Marcos, da perícia, e o Chefe da Segurança – Miguel falou. – As fitas são bastante chatas, com quase nada acontecendo. As poucas pessoas que aparecem são os seguranças, as enfermeiras e os auxiliares de enfermagem, todos prontamente identificados pelo Chefe da Segurança. A câmara que cobre o portão principal não mostrou ninguém entrando ou saindo da clínica desde a meia-noite até cerca de cinco horas da manhã, que foi o horário a partir do qual paramos de assistir. Eu também liguei para a empresa de segurança privada, que confirmou que nenhum alarme foi disparado durante a noite.

– Puxa, você esteve ocupado! – Paulo falou.

– Estou no meu quinto café e você sabe que eu não bebo café – Miguel falou sorrindo – Estou totalmente elétrico.

– Vamos aproveitar o seu cérebro funcionando a mil, antes do efeito rebote – Paulo falou.

– Nem me fale. Com relação às impressões digitais, coordenei, junto com o pessoal da perícia, para que o Dr. Carvalho reúna, amanhã de manhã, todos os funcionários com acesso à enfermaria em que José Luis estava. Vamos colher as impressões digitais e depois comparar com as inúmeras impressões que foram obtidas no quarto.

Paulo colocou as mãos atrás da cabeça e reclinou-se na cadeira.

– Em algum momento teremos que falar com o senhor Siegfried Maximiliano em pessoa – Paulo falou.

– Tenho novidades neste terreno – Miguel falou. – O chefe arranjou um encontro com o senhor Siegfried esta noite, às dez horas no seu escritório.

– Ele vai nos aguardar até esta hora? – Paulo perguntou.

– Segundo o chefe, ele diz que este horário faz parte da sua rotina de trabalho e, além disso, ele quer ajudar de qualquer maneira possível – Miguel respondeu.

– Todos querem ajudar... – Paulo falou irônico.

– Mesmo assim, o caso é um pesadelo: o sujeito, que é incapaz de mover-se, desaparece de uma clínica que mais parece uma prisão de segurança máxima e não é visto por absolutamente ninguém – Miguel falou.

– Sabemos que o lugar tem somente uma entrada e uma saída e que a empresa de segurança não registrou nenhum alarme, o que significa que o perímetro da propriedade não foi violado. Isso leva à conclusão de que José Luis deve ter passado por aquele portão em algum momento e de alguma forma – Paulo falou.

– Ou, ele simplesmente foi morto e enterrado naquele imenso jardim – Miguel falou.

– Eu não acho que isso seja possível, pois chamaria muito a atenção e alguém teria visto – Paulo falou.

– Eu concordo... – Miguel falou, bocejando.

– Alguém entrou em contato pedindo resgate? – Paulo perguntou.

– Aparentemente não, segundo o chefe, mas acho que devemos perguntar isso diretamente ao senhor Siegfried – Miguel respondeu.

Um policial conduziu uma mulher pequena e magra até onde eles estavam e apresentou-a como Lúcia Costa. Ela aparentava trinta anos e tinha um semblante preocupado. Lúcia sentou-se na cadeira do lado oposto da mesa de Paulo. Miguel puxou uma cadeira e sentou-se ao lado dela.

– Obrigado por vir até aqui – Paulo falou.

– Não é nada. Eu farei qualquer coisa para ajudar – ela disse. – Eu tenho uma ligação especial com José Luis. Ajudo a cuidar dele há mais de dez anos. Sempre tivemos muita pena de sua situação, um rapaz jovem e bonito naquele estado vegetativo. É um desperdício.

Paulo e Miguel ponderaram as palavras iniciais de Lúcia Costa. Eles não tinham dúvidas de que eram sinceras e de que ali estava uma pessoa que realmente se importava com o rapaz.

– A enfermeira Maria Regina nos disse que você também faz horários diurnos na clínica. Você já viu José Luis receber visitas? – Paulo perguntou.

– Nunca. E nunca ouvi falar de algum colega que ele tivesse recebido alguma visita. Nem mesmo no seu aniversário ou em datas como o Natal alguém aparecia para visitá-lo – Lúcia falou. – Vocês sabem como são essas pessoas ricas, a família provavelmente tem vergonha da coisa toda e prefere simplesmente esconder o coitado lá.

– E essa seria uma circunstância comum nos pacientes da clínica, em geral? – Paulo perguntou.

– É difícil dizer, pois todos os pacientes que estão lá têm um prontuário que somente cobre a sua internação atual, ou seja, não existem informações referentes à sua história médica ou pessoal pregressa – Lúcia respondeu.

– E isso não é incomum? – Miguel perguntou.

– Sem dúvida. Eu nunca antes trabalhei em um local que tratasse o prontuário do paciente desta forma. É como se a história e a procedência do paciente não importassem e sim apenas o seu presente.

– Conte-nos sobre esta noite – Miguel pediu.

– O plantão foi bastante rotineiro até a ronda das quatro horas da manhã, que foi quando encontrei o quarto de José Luis vazio.

– Diga-nos em detalhes, por favor – Paulo pediu.

– Eu não sei ao certo o que dizer. Eu entrei no quarto e vi a cama vazia, mas todo o resto parecia estar no lugar – ela falou.

– E antes das quatro horas? Aconteceu alguma coisa fora do comum? – Miguel perguntou.

– Nada que eu percebesse.

Houve uma pausa e Paulo decidiu seguir adiante com a conversa.

— Como é feita a limpeza dos quartos? — Paulo perguntou.

— A funcionária da limpeza costuma limpar os quartos duas vezes ao dia, a primeira de manhã bem cedo e a outra no final da tarde — Lúcia respondeu.

— E quanto à roupa suja? — Miguel perguntou.

— No final da noite, um funcionário recolhe as roupas sujas que estão em um cesto plástico que fica no banheiro de cada quarto.

Houve outro momento de silêncio que mostrava que não havia muito mais a ser extraído da conversa.

— Obrigado por sua ajuda, Lúcia — Miguel falou.

— Se vocês precisarem de mim e só ligar — Lúcia falou, levantando-se.

— Se você lembrar de algum detalhe fora da rotina a respeito desta noite, por favor, entre em contato — Paulo falou. — Poderia parecer algum detalhe insignificante, ou até mesmo uma bobagem, mas pode nos ajudar.

— Prometo que vou pensar — Lúcia falou e foi embora.

**

O escritório do senhor Siegfried ficava no último andar do prédio que era a sede coorporativa da InMax. A avenida na qual o prédio situava-se era conhecida em São Paulo por abrigar edifícios de escritórios caros e sedes de multinacionais. A sede coorporativa da InMax fora construída tanto para impressionar quem a olhava quanto para transmitir uma mensagem clara de que ali estava concentrada uma imensa quantidade de poder. A construção parecia emanar uma energia estranha ao ser iluminada indiretamente por holofotes potentes que atingiam os vinte e três andares de sua fachada inteiramente envidraçada.

No *hall* de entrada, exibiram aos seguranças as suas identidades policiais, que foram escrutinadas cuidadosamente antes que fossem encaminhados a um elevador discreto, separado dos demais. Ao entrarem no elevador, perceberam que não havia um quadro com botões para serem pressionados e que simplesmente ele os levaria diretamente ao último andar. Era o elevador privativo do senhor Siegfried.

A porta do elevador abriu-se para revelar uma ampla antessala, finamente decorada, no final da qual havia uma senhora de meia idade vestida com um *tailleur* escuro, sentada atrás de uma mesa. Presumiram tratar-se da secretária executiva particular do senhor Siegfried. Ela se levantou e, sem dizer uma palavra, indicou aos dois que atravessassem uma porta ao lado de sua mesa, que estava aberta.

O escritório do senhor Siegfried ficava em uma grande sala retangular com janelas grandes que exibiam uma vista impressionante da cidade. No chão havia tapetes persas e nas paredes, quadros de todos os tamanhos e que não se pareciam, nem mesmo para um leigo, com reproduções. Paulo achou que reconheceu pelo menos um Picasso. Parte das paredes estava coberta com estantes, que iam do chão ao teto, repletas de livros antigos. Na extremidade oposta, o senhor Siegfried estava em pé, ao lado de sua gigantesca mesa de madeira maciça.

Paulo ficou instantaneamente impressionado com a aparência aristocrática do senhor Siegfried. Ele não era um homem alto, mas tinha uma presença marcante no ambiente, o que Paulo pensou ser devido ao uso de uma linguagem corporal muito particular. Até mesmo a sua simples gesticulação, indicando aos detetives que se aproximassem e tomassem assento junto à sua mesa, nada tinha de ordinária e parecia uma coreografia que só alguém da nobreza poderia executar. Os demais, por mais que tentassem, nunca fariam aquele gesto da mesma maneira. Ele tinha a pele clara, mas levemente avermelhada, como a de alguém com pouca melanina que se expõe ao sol tropical. Seus cabelos eram brancos e ele era parcialmente calvo. Paulo calculou que deveria ter aproximadamente setenta anos. Tinha olhos azuis inquisitivos, daqueles que parecem sempre extrair mais informações do que o interlocutor que os fita gostaria de revelar.

Paulo não pode deixar de pensar que tudo o que estavam vendo não deixava de fazer parte de uma encenação: como alguém, em uma negociação, poderia pedir mais do que o já concedido, para este homem, neste escritório?

Apertaram as mãos brevemente e sentaram-se.

– Boa noite senhor Siegfried. Obrigado por nos receber a esta hora – Paulo disse.

– Esta hora do dia ainda faz parte do meu horário de trabalho habitual. Além disso, o assunto é do meu maior interesse. Como vão as investigações? – o senhor Siegfried falou, acomodando-se em sua poltrona.

– Estivemos na clínica hoje pela manhã e uma equipe da perícia já examinou o quarto e a área externa da clínica. Ainda é muito cedo para conclusões – Paulo respondeu.

– Naturalmente.

– Gostaríamos de lhe fazer algumas perguntas que irão nos ajudar a compor um quadro geral. Neste tipo de caso, é frequente que o sequestro tenha como objetivo atingir alguém da família e não necessariamente de modo financeiro – Paulo disse, indo direto ao assunto.

– Algum contato referente a um resgate foi feito? – Miguel perguntou.

– Não.

– O senhor contratou um detetive particular para o caso? – Paulo perguntou.

— Absolutamente não. Confio no trabalho da polícia – o senhor Siegfried respondeu enfaticamente.

— O senhor tem inimizades? – Miguel perguntou.

O senhor Siegfried ajeitou-se na cadeira e respondeu:

— Vocês devem compreender que um homem na minha posição muitas vezes é forçado a tomar atitudes e decisões que não são populares ou mesmo que atingem pessoas com eventuais interesses antagônicos.

— O senhor poderia mencionar algum conflito recente, ou de maior gravidade? – Paulo perguntou.

— Não há nada relevante que eu possa relatar. Tenho seguido a minha rotina habitual, tanto nos negócios, quanto pessoalmente – o senhor Siegfried respondeu.

— Sabemos, pelo fato de ser um homem público, que sua esposa faleceu há muitos anos – Paulo disse, tentando mudar o foco da discussão, mas ainda intrigado com a dubiedade da resposta anterior.

— A minha esposa tirou a própria vida quando José Luis tinha cinco anos de idade.

— Deve ter sido difícil para o senhor e para o seu filho. José Luis já apresentava algum sintoma da doença àquela época? – Miguel perguntou.

— Sim, foi um período muito difícil e, eu admito, o envolvimento permanente com os negócios serviu como pretexto para me afastar de José Luis. Na época do suicídio, ele estava se tornando uma criança introspectiva, mas, após a morte da mãe, seu estado deteriorou-se rapidamente.

— Que tipo de sintomas ele apresentava? – Paulo perguntou.

— Ele sempre foi uma criança solitária. Após o falecimento da mãe e, posteriormente em seu período de adolescência, ele piorou gradualmente, até atingir um estado de catatonia completa. Finalmente, o diagnóstico de esquizofrenia foi dado e ele foi internado.

– O senhor o visitava na clínica? – Paulo perguntou.

– Eu confesso que não. Faz pelo menos dois anos que estive na clínica pela última vez.

– Como parte de nossa rotina, temos de lhe pedir uma lista de funcionários demitidos recentemente.

– Posso providenciar, mas alerto que será uma informação de pouco auxílio, pois tendo em vista o porte das nossas empresas, será uma lista longa, com funcionários nos mais diversos degraus hierárquicos e dispensados pelos mais variados motivos – o senhor Siegfried falou.

– Uma última pergunta: o senhor tem alguma teoria a respeito do acontecido? – Paulo perguntou.

– Lamento, mas não tenho. Eu não posso imaginar quem poderia ter feito uma coisa destas com um indivíduo tão doente.

– Agradecemos novamente pelo seu tempo e o manteremos informado.

– Por favor, encontrem o meu filho – o senhor Siegfried falou, mas com a voz sem emoção.

– Faremos o possível – Paulo disse.

Na antessala, a secretária particular do senhor Siegfried entregou-lhes um cartão com um número de celular privado através do qual fariam contato diretamente com ela. Ela explicou o procedimento: aquele número estaria sempre desligado e a ligação recebida seria encaminhada à caixa de mensagens. Ela avaliaria o número que havia discado e retornaria a ligação, se fosse de interesse do senhor Siegfried. Por esta razão, ela anotou o celular de Paulo e o instruiu de que somente fizesse a ligação daquele celular: caso contrário, a ligação não seria retornada. Essa era a única maneira de se fazer contato com o senhor Siegfried, e poderia ser usada, se necessário, a qualquer hora do dia e em qualquer dia da semana. A secretária também entregou a eles um envelope pardo que, segundo explicou, continha fotografias de José Luis.

Paulo e Miguel pegaram o carro e decidiram retornar à delegacia, apesar da hora. Durante o caminho de volta, abriram o envelope e estudaram o rosto que estava nas fotografias. Era um rapaz jovem, de pele clara e cabelos curtos, sem nenhuma característica facial em especial. O que chamava a atenção, na verdade, era a completa ausência de emoção naquele rosto: não havia sequer traços de expressão. Paulo imaginou que um manequim em uma vitrine poderia parecer mais real e humano que o rapaz cujo rosto estava estampado naquelas fotografias. Ponderaram, em silêncio, por algum tempo, sobre o seu sofrimento.

Finalmente Miguel falou, mudando o foco e quebrando o silêncio:

— E este senhor Siegfried, que sujeito, hein?

— É uma figura e tanto. Pelo que sei, ele construiu a InMax sozinho. Esse é um homem que em um minuto ganha mais dinheiro do que a maior parte das pessoas durante toda a vida. A cabeça de alguém assim é diferente, assim como a maneira como ela vê o mundo e as outras pessoas – Paulo respondeu.

— E a porta aberta, nos aguardando? Um homem assim deve, provavelmente, ser aguardado e não aguardar alguém – Miguel disse.

— Também reparei e estava pensando nisso.

— Qual é a sua teoria?

— Acho que ele quis dar importância a nós e a nossa visita. Por que razão, eu não sei – Paulo falou.

– Talvez ele esteja mesmo preocupado com o filho, ou agora que o rapaz sumiu, sente-se culpado e decide prestigiar a nossa visita – Miguel falou.

– Talvez, mas não tenho tanta certeza – Paulo falou e completou: – E quanto à dubiedade da resposta: "… não há nada relevante que eu possa relatar". Significa que ele não recorda ou que não quer nos contar?

– Não faço ideia do que ele quis dizer, mas em uma coisa concordamos: o senhor Siegfried esconde, ou ao menos omite algo – Miguel disse. – Que tal o "policial" que esteve na clínica?

– Também achei que poderia ser um detetive particular, mas ele foi enfático ao negar que tenha contratado um – Paulo disse.

– O que não quer dizer que seja verdade – Miguel falou e completou: – Poderíamos identificar o modelo do carro e a placa nas imagens do CFTV, além de conversar com o segurança de plantão para tentar um retrato-falado.

– Faça isso, pode ser a única coisa à disposição para começarmos – Paulo disse.

Ao chegarem ao Palácio da Polícia, já se passava da meia-noite e ambos concordaram que nada mais poderia ser feito àquela hora. Despediram-se e Paulo foi embora. Chegando em casa, não encontrou ninguém acordado e foi direto para a cozinha, onde encontrou um prato feito preparado para ele. Após a rápida refeição, Paulo tomou um banho e deitou-se sozinho, pois Margarida faria plantão noturno no hospital.

Paulo ressentiu-se da ausência da esposa e do tamanho da cama somente para ele. Tentou relaxar e, ao fazê-lo, *flashes* do dia e da noite anterior começaram a passar diante dele. Pensou que agora tinham dois casos distintos em mãos: o das abduções e o do paciente psiquiátrico desaparecido.

No caso das abduções, estavam em um impasse. Já haviam entrevistado todas as vítimas – que não se lembravam de absolutamente nada – e não havia testemunhas, já que todos foram atacados em horário avançado, durante a noite e em locais pouco movimentados. As vítimas não tinham nada em comum entre si, o que tornava difícil imaginar uma possível ligação entre elas, o que, por sua vez, dificultava a compreensão de um eventual motivo por trás de suas capturas. Já havia alguma pressão do seu chefe, Luiz Augusto Brandão, para que largassem o caso. Paulo estava quase concordando.

Com relação ao rapaz na clínica, o que mais intrigava era a ausência de uma motivação óbvia para o sequestro. A possibilidade que logo vinha à mente era de vingança contra o pai, um homem poderoso, que provavelmente colecionara inimigos durante a sua longa e bem-sucedida trajetória no mundo dos negócios. Paulo tinha dúvidas sobre essa hipótese, já que o senhor Siegfried não era próximo do rapaz e isso esvaziava, pelo menos parcialmente, o sequestro como forma de atingi-lo.

São Paulo, Brasil, Quarta-feira, 3 de Setembro de 2008.

Paulo dormiu profundamente, um sono contínuo e sem sonhos. Acordou atrasado, após as 7 horas da manhã. Tomou um café preto rapidamente com Antônio e Margarida, que acabara de chegar do seu plantão. Explicou que não voltaria para o almoço e saiu, apressado, em direção ao carro.

Ao chegar à delegacia, às 8 horas em ponto, encontrou Miguel já trabalhando. Miguel contou que havia pesquisado tudo o que pudera sobre o senhor Siegfried e a InMax, na Internet, até às três horas da manhã. Também havia falado, por telefone, com uma ex-namorada, que era administradora de empresas e tinha algum conhecimento da *holding* InMax e da fama do senhor Siegfried no mundo empresarial.

Miguel contou que o senhor Siegfried havia nascido na Tchecoslováquia, em 1935, filho único de um alfaiate e de uma professora de escola primária. Próximo ao término da Segunda Guerra Mundial, em 1945, o pai, pressentindo que o país seria libertado pelo Exército Vermelho e não pelos Aliados, conseguiu organizar a fuga da família para a Suíça. Lá permaneceram por alguns meses e após a rendição da Alemanha, fugiram de avião para os Estados Unidos. A família instalou-se em Oakland, Califórnia. Em 1961, o pai do senhor Siegfried foi assassinado em uma tentativa de assalto. A mãe morreu de câncer de mama, dois anos após. Nesta época, o senhor Siegfried já havia assumido a alfaiataria que o pai abrira na cidade, transformado-a em uma lucrativa rede de lojas.

As informações posteriores a esta data, segundo a pesquisa de Miguel, eram escassas e um tanto ilógicas. Dizia-se que o senhor Siegfried, na verdade, vendera a sua lucrativa rede de alfaiatarias logo após, em 1964. Seguia-se um hiato nas informações e então a história, de domínio público, era que o senhor Siegfried emigrara para o Brasil em 1979, como um bilionário que rapidamente comprou empresas de forma amigável ou hostil, nos mais diversos setores, formando, assim, o embrião de seu atual conglomerado empresarial. Os seus inimigos comentavam que o meteórico sucesso do senhor Siegfried, recém-chegado dos Estados Unidos, tinha relação com as suas conexões obscuras com a ditadura militar brasileira.

A ex-namorada de Miguel, que administrava uma empresa do ramo têxtil, que era cliente de uma das empresas da *holding* InMax, corroborou as informações que Miguel obtivera facilmente na Internet. Segundo ela, a trajetória dele era repleta de mistério, pois não se sabia que tipo de negócios o senhor Siegfried havia desenvolvido nos Estados Unidos que havia permitido que o mesmo viesse para o Brasil já como bilionário. Outra grande dúvida, e que gerava todo o tipo de especulação, era por que ele viera para o Brasil se tinha nos Estados Unidos um negócio, seja ele qual fosse, tão lucrativo e, presumivelmente, bem-sucedido.

– Qual é a teoria da sua ex-namorada? – Paulo perguntou.

– Ela não tem nenhuma e disse que já ouviu todo tipo de história. Uma das mais populares diz que o senhor Siegfried estava envolvido com negócios ilegais e veio para o Brasil em fuga das autoridades americanas.

– Faz pouco sentido já que, se houvesse algo do gênero, os americanos poderiam ter solicitado a sua extradição – Paulo disse.

– De qualquer forma, parece que o senhor Siegfried tem um passado e tanto – Miguel disse. – Outra coisa que eu imagino é que, em algum ponto de sua trajetória, ele mudou de sobrenome, pois Maximiliano não deve ser o sobrenome original da família.

– Talvez ele tenha pensado que, mudando de sobrenome, facilitaria a sua inclusão na sociedade brasileira, ou – Paulo falou – também ajudaria a não chamar atenção para si.

Paulo e Miguel decidiram dividir-se: Paulo ficaria em São Paulo e voltaria ao prédio da InMax para falar com o contato indicado pela secretária particular do senhor Siegfried, Marco Rossi, gerente de recursos humanos que tinha preparado a lista dos empregados demitidos nos últimos três meses. Miguel voltaria à Clínica Casa da Montanha, juntamente com um desenhista da polícia, na tentativa de obter um retrato-falado do homem que estivera na clínica apresentando-se como policial. Ele também tentaria revisar novamente as imagens do CFTV, além de supervisionar o trabalho de coleta de impressões digitais dos funcionários, que seria efetuado pela perícia.

Enquanto Paulo dirigia-se à sede da InMax, pensou que a lista tinha poucas chances de revelar algo importante, como o próprio senhor Siegfried enfatizara. Paulo tinha esperança de obter com Marco Rossi alguma ideia básica sobre o funcionamento das empresas e os conflitos com grupos rivais que fossem mais sérios.

No posto da segurança, no *hall* de entrada da sede corporativa da InMax, Paulo foi anunciado e liberado para subir ao escritório de Marco Rossi, que ficava no vigésimo andar.

Marco Rossi estava sentado atrás da sua mesa, ao telefone, e tinha diante de si uma pilha de papéis, além de um *notebook* aberto. Ele parecia estar próximo dos cinquenta anos, era um homem alto, moreno e de porte atlético. Tinha cabelos grisalhos e um rosto ossudo, com as mandíbulas e bochechas proeminentes o que, associado às linhas de expressão marcadas nos cantos dos olhos e junto aos lábios, contribuíam para transmitir uma impressão de que este era um homem que estava sempre tenso, trabalhando em busca de um prazo ou de uma meta.

— Bom dia, detetive... Não me disseram seu nome. Por favor, sente-se — Marco disse após desligar o telefone e sinalizar para que Paulo ocupasse uma cadeira vazia no lado oposto da mesa.

— Bom dia, sou o detetive Paulo Westphalen. O senhor Siegfried deve ter dito que eu viria — Paulo disse.

— Sim, ele mencionou que viria alguém da polícia, mas não disse quem seria nem do que se trataria. O senhor Siegfried apenas me orientou a preparar a lista dos funcionários dispensados recentemente e entregá-la a vocês.

— Compreendo. Então o senhor não sabe qual é o objeto da nossa investigação? — Paulo perguntou.

— Não sei. E fui orientado pessoalmente pelo senhor Siegfried a responder quaisquer perguntas que me fossem eventualmente feitas, mas não perguntar nada a respeito do que está sendo investigado.

— E o que o senhor acha disso?

— Não estou em posição de achar nada. Se o senhor Siegfried me passa uma instrução por e-mail eu a cumpro imediatamente. Agora, se ele emite uma ordem pessoalmente, o mundo para de girar para mim até que a ordem tenha sido cumprida.

— Entendo que o senhor Siegfried seja muito respeitado dentro e fora do âmbito das suas empresas — Paulo falou tentando dar mais corda.

— Sem dúvida. Todos o admiram, incluindo os seus inimigos. O homem é um gênio dos negócios — Marco respondeu com entusiasmo. — É aquele tipo de pessoa capaz de prever como as pessoas vão pensar ou o que vão querer consumir daqui a dez anos. A prova disso é que todos os produtos que as suas empresas criam e anunciam, as pessoas simplesmente compram, instantaneamente. Parece mágica.

— Dê-me uma ideia geral das empresas do grupo — Paulo falou.

— São vinte e quatro empresas, em setores que vão desde a construção civil até a biotecnologia, atuando em trinta e dois países e empregando mais de quarenta mil pessoas — Marco respondeu.

— Quais são os setores mais ativos no momento e que têm exigido maiores contratações do seu departamento? — Paulo perguntou.

— Duas empresas encabeçam o faturamento do grupo: a Iluze, de publicidade e propaganda; e a Transcriptase, da área médica — Marco respondeu. — A Transcriptase sempre foi a menina dos olhos do senhor Siegfried e as contratações têm sido intensas nestes últimos meses, principalmente de cientistas com PhD em neurociências. Tenho ordens de contratar um profissional qualificado nesta área, por qualquer valor, e buscá-lo onde quer que ele ou ela esteja. Isso se deve ao fato de que a empresa se prepara para um grande projeto, lutando contra o tempo para vencer a maior rival, a norte-americana All American Company.

— Sobre o que é esse projeto? — Paulo perguntou.

— É altamente secreto. Nem os altos executivos da própria empresa sabem ao certo, eles têm apenas fragmentos de informação sobre o projeto. Acredito que, além do senhor Siegfried, apenas uma ou duas pessoas tenham noção completa sobre o que se trata.

— Mas é sabido, entretanto, que a empresa rival trabalha em algo semelhante — Paulo argumentou.

— Exatamente. E isso é devido a espionagem industrial, por este motivo a obsessão com o sigilo. Poucas pessoas sabem da coisa toda e, portanto, estariam em posição de comprometer as atividades da empresa. A maior parte dos cientistas, por exemplo, não sabe ao certo no que está trabalhando.

— Eu agradeço pelas informações e pelo seu tempo — Paulo falou.

Paulo deixou o prédio da InMax com uma pasta preta contendo cerca de cinco páginas com cento e vinte nomes de funcionários demitidos nos últimos três meses, junto com as suas respectivas ocupações, empresas em que trabalharam e um telefone para contato.

De volta ao Palácio da Polícia, Paulo percorreu com os olhos a lista elaborada por Marco Rossi. Apenas uma entrada, em toda a lista, prendeu a sua atenção e não era pelo nome, que ele não conhecia, e sim pela ocupação: Roger Lantz, médico e PhD em neurociências pelo Massachusetts Institute of Technology. Ele era cidadão norte-americano e havia se demitido da Transcriptase em 27 de Agosto. A presença do médico na lista, com a sua titulação acadêmica importante, destoava da informação de Marco Rossi de que a empresa buscava ativamente profissionais com perfil semelhante. Anotou o número do telefone do médico, um celular, e pensou ligar mais tarde, embora não fosse claro de que forma ele poderia ajudar.

Enquanto esperava Miguel retornar, Paulo pensou novamente no caso das abduções. Até este momento, não tinham chegado a lugar algum. Eles estavam sem pistas, sem evidências físicas de qualquer tipo e, pior de tudo, sem testemunhas.

Como as vítimas dos sequestros não pareciam ter sofrido nenhum tipo de violência e não tiveram nada roubado, a pressão do seu chefe, Luiz Augusto Brandão, para que encerrassem o caso, era cada vez maior. Paulo acabara de receber um e-mail do chefe dizendo que esta seria a sua última noite no caso. Se não surgissem novos desdobramentos, eles deveriam seguir adiante, concentrando-se exclusivamente no caso do rapaz desaparecido.

Paulo tentava insistir porque Miguel estava fascinado com o caso. Ele acreditava que as vítimas tinham sido lesadas de alguma forma que eles ainda não haviam sido capazes de compreender.

São Paulo, Brasil, Quarta-Feira, 3 de Setembro de 2008.

Salvador Cruz era um homem simples, que vivia uma vida tranquila dividida entre a sua esposa, Iolanda, e a padaria que possuía em um bairro de classe média baixa de São Paulo.

A sua vida pacata havia sido virada de cabeça para baixo nos últimos dias em função de um sequestro, que durara apenas algumas horas e durante o qual ele não fora ferido nem tivera nada roubado.

Depois do evento, contudo, ele nunca mais fora o mesmo. Tinha ataques de ansiedade, sonhos esquisitos e flagrou-se fazendo ou pensando em coisas estranhas, tais como pintar a sua casa de roxo.

Salvador Cruz estava em sua padaria, eram oito horas da noite e não havia nenhum cliente no lugar, o que o fez pensar se valeria à pena esperar até as onze, horário em que costumava fechar o estabelecimento.

Uma moça jovem entrou subitamente pela porta e dirigiu-se decididamente até onde ele estava, atrás do balcão.

– Boa noite, senhor Salvador – ela disse.

– Como você sabe o meu nome? – ele perguntou alarmado.

– Não importa. Como não temos muito tempo, serei direta: e se eu oferecer ao senhor a possibilidade de se recordar dos fatos que ocorreram quando o senhor foi sequestrado, algumas noites atrás? – a moça falou, olhando diretamente nos olhos dele.

Silêncio.

— É uma oferta única. Se o senhor disser que não, nunca mais me verá. Agora, se concordar, eu posso apenas lhe dar a minha palavra de que o senhor não sofrerá nenhum mal. Eu preciso pedir que confie em mim: terei que vendar os seus olhos e pedir que entre em um carro comigo — ela disse e depois completou: — Novamente, eu só posso oferecer, como garantia, a minha palavra.

Silêncio novamente, enquanto a sua mente calculava o tamanho da aposta.

— Eu o deixarei de volta, na frente de sua padaria, em cerca de duas horas — ela falou — Entendo que é uma decisão difícil, mas só posso lhe dar um minuto para pensar.

Ele estava tremendo, e sua mente calculava incessantemente os possíveis desdobramentos daquela oferta e o perigo imenso nela embutido. Ele sabia, porém, que não poderia viver com aqueles sonhos estranhos e, principalmente, com a angústia de não saber o que tinha ocorrido durante o seu sequestro.

Finalmente ele sinalizou que concordava com um aceno de cabeça. Ela o conduziu para a rua, onde um carro com o motor ligado e os vidros escurecidos os aguardava.

Ao entrar no carro, teve os olhos imediatamente vendados.

Eles já andavam por cerca de quarenta minutos quando finalmente o carro parou. A moça o guiou cuidadosamente para fora do carro e através de uma curta distância até um pequeno lance de escada. Ele foi conduzido para um elevador e novamente através de uma pequena distância. Ouviu batidas em uma porta e, em seguida, o ruído da mesma abrindo-se.

Foi acomodado em uma cadeira e a venda foi retirada dos seus olhos.

Salvador viu-se no que parecia ser uma apertada sala de estar de um apartamento barato. À sua frente, havia uma pequena mesa de madeira e no lado oposto estava sentada uma mulher negra de meia idade. Ela parecia muito cansada, tinha uma postura encurvada e exibia olheiras profundas.

A única iluminação do ambiente vinha de uma luminária situada sobre a mesa, o que tornava difícil vislumbrar muita coisa na sala, além da mesa e da mulher que estava à sua frente.

– Fico feliz que tenha optado por vir, senhor Salvador – a mulher falou. – Não é uma decisão fácil essa que o senhor tomou, a de colocar-se inteiramente nas mãos de estranhos.

Silêncio.

– Eu sou o que chamamos de "farol". O senhor sabe por quê? – A mulher perguntou, sua voz transpirando exaustão.

Salvador sacudiu negativamente a cabeça.

– Vivemos, já há algum tempo, em um período de escuridão. Esta escuridão não está relacionada à falta de luz e sim à falta de informação e de controle que muitas pessoas têm sobre as suas próprias mentes. O senhor já ouviu falar da glândula pineal, senhor Salvador?

Ele sacudiu a cabeça novamente, confuso.

– Ela está localizada no centro de nossos cérebros e produz um hormônio chamado melatonina que controla, entre outras coisas, o nosso ciclo circadiano, ou seja: diz ao nosso corpo como se comportar quando é dia ou noite – a mulher falou. – Acontece que o meu cérebro possui uma alteração na anatomia da região da glândula pineal. Essa particularidade é bastante rara e se manifesta somente quando o corpo está próximo da exaustão, como, por exemplo, a pessoa está há muito tempo sem dormir. Nestas circunstâncias a glândula pineal passa a secretar ainda outra substância, um alucinógeno, similar ao LSD, mas imensamente mais poderoso no seu efeito sobre a mente. Algumas pessoas têm essa propriedade, mas não a percebem. Quando estão há muito tempo sem dormir, por exemplo, podem ter alucinações ou alterações na percepção da realidade, que são muito sutis, e de que a pessoa nem toma consciência, ou apenas as atribui ao seu estado de exaustão.

Salvador não sabia o que dizer e não imaginava aonde ela queria chegar.

– Quando unimos essa particularidade da bioquímica do meu cérebro com o uso de um dispositivo computacional muito especial, eu passo a desfrutar do dom da visão. Ele me permite ver o que há na cabeça das pessoas e recuperar informações, por exemplo – ela disse. – O senhor sabe, estas pessoas não apagaram da sua mente as lembranças referentes ao seu sequestro, pois este seria um processo muito mais complexo. O que elas fizeram foi tornar estas lembranças inconscientes e, portanto, inacessíveis para a sua mente consciente. Assim sendo, existem apenas duas formas de essas informações serem recuperadas: através de anos de psicanálise ou com alguns minutos comigo. O que faremos aqui será uma troca: eu farei com que as memórias do seu sequestro tornem-se conscientes para o senhor e, ao fazê-lo, o senhor nos fornecerá informações de que precisamos muito. – A mulher fez uma pausa e completou: – Eu estou há trinta e seis horas sem dormir, em preparação para o nosso encontro.

A moça veio por trás dele e colocou sobre a sua cabeça uma espécie de capuz de tecido brilhante, que estava coberto com o que pareciam ser inúmeros pequenos eletrodos. A mulher colocou na sua própria cabeça um capuz idêntico.

Ela respirou profundamente e disse:

– Vamos nos inclinar para frente, de forma a ficarmos muito próximos um do outro.

Para Salvador, foram apenas alguns minutos nos quais ele não sentiu absolutamente nada. Soube que havia terminado somente porque o capuz foi retirado de sua cabeça.

Subitamente, lembrou-se de tudo. As lembranças vieram repentinamente e de uma só vez, como se fossem alguém que emerge furiosamente na superfície da água após um mergulho profundo. Lembrou-se de ser levado para uma van branca, do monitor exibindo aquele filme e o pior de tudo: lembrou-se daquele rosto perverso.

Seus piores temores haviam tornado-se reais: a sua vida passada acabara de colidir com a atual.

– O senhor deve compreender que falar sobre as recém-adquiridas memórias do seu sequestro, com qualquer pessoa que seja, irá colocar o senhor e a sua família em grande perigo – a mulher falou.

A mulher olhou diretamente para a moça que havia trazido Salvador e disse:

– O nosso amigo do norte retornou e ele tem alguns truques novos.

– Vou levar o senhor Salvador de volta à sua padaria – a moça falou e, pela primeira vez, Salvador percebeu que ela tinha a voz trêmula.

São Paulo, Brasil, Quarta-Feira, 3 de Setembro de 2008.

Quando Miguel voltou da clínica psiquiátrica já eram oito horas, estava escuro lá fora e Paulo estava em sua mesa. Miguel disse que fora possível identificar, nas imagens do CFTV, o modelo e a placa do carro do suposto policial: era um Honda Civic preto, com os vidros escurecidos e placas de São Paulo. O retrato-falado foi considerado pelo desenhista da polícia como de baixa qualidade, já que o Dr. Carvalho não se fixou nas feições do homem. Com relação às inúmeras impressões digitais obtidas no quarto de José Luis, foi possível estabelecer que todas pertenciam aos funcionários e incluíam a enfermeira, as auxiliares de enfermagem e o médico de plantão. Não foram identificadas impressões digitais do pessoal da limpeza e da lavanderia pelo fato de que eles sempre trabalhavam com luvas de látex ou de borracha. Isto também significava que o suposto policial tinha sido cuidadoso e não havia deixado vestígios de sua visita. Paulo contou sobre a sua conversa com o gerente de recursos humanos e, após ouvi-la, Miguel dirigiu-se ao computador tentar obter informações sobre o carro.

***

Eram onze horas e trinta minutos quando Paulo emergiu de seus pensamentos pela visão de Miguel aproximando-se acompanhado de um homem que reconheceu como sendo Salvador Cruz. Ele havia sido a última das doze vítimas a prestar queixa no caso das abduções. Salvador Cruz tinha 68 anos de idade e fora sequestrado no último sábado à noite.

– Boa noite, detetive – Salvador disse. – Desculpe por incomodar novamente, eu sei que vocês têm coisas mais importantes a fazer.

Desde o seu sequestro, há apenas alguns dias, Salvador já tinha vindo procurar Paulo ou Miguel cinco vezes. Em todas as ocasiões ele tentava recordar algo sobre o evento, mas não conseguia. Ele saía desolado, apenas para voltar mais tarde e fazer uma nova tentativa.

– Não se preocupe, senhor Salvador. Sente-se – Paulo falou, indicando a cadeira vazia no lado oposto de sua mesa.

– Como vão as coisas? – Miguel perguntou, sentando-se ao lado de Salvador.

– Hoje eu me sinto mais calmo, mas os últimos dias têm sido muito ruins. Tenho tido crises de ansiedade e cada vez que adormeço tenho sonhos horríveis.

– O senhor precisa ter paciência: essas coisas estão ligadas à proximidade do seu sequestro e, com o tempo, vão passar – Paulo falou.

– Mas eu não vim para fazer vocês perderem mais tempo – Salvador falou. Hoje pela manhã, enquanto eu abria a padaria, algumas imagens do meu sequestro simplesmente começaram a aparecer diante de mim, como *flashes*.

– Por exemplo? Miguel perguntou.

– Eu posso lembrar agora do momento em que fui levado.

Paulo ajeitou-se na cadeira e sinalizou para que Salvador continuasse.

– Eu fui sequestrado por quatro homens, três deles usavam máscaras escuras de ninjas. Havia um homem sem máscara, que devia ser o líder, e eu pude dar uma boa olhada no seu rosto – Salvador falou. – Além disso, eles falavam entre si em uma língua estrangeira e que não era o inglês.

– Isso é interessante – Paulo falou. – O senhor acha que conseguiria fazer um retrato-falado deste homem?

— Com certeza — Salvador falou. — E tem mais: eu também me lembrei da van em que eles me colocaram, incluindo o número da placa.

— Nossa! Parece que a coisa voltou toda de uma só vez — Miguel falou entusiasmado.

— Nem tanto. Dentro da van eles colocaram um pano no meu nariz que me fez apagar na hora. Não me lembro de mais nada depois disso.

Miguel disse que levaria o senhor Salvador até o desenhista da polícia e tentaria fazer um retrato-falado do homem que não usava máscara e depois acessaria o computador novamente, desta vez à procura de dados sobre a van.

São Paulo, Brasil, Quinta-Feira, 4 de Setembro de 2008.

Passavam-se trinta minutos da uma hora da manhã quando Salvador Cruz foi embora. Paulo decidiu resgatar Miguel da frente do computador – de onde normalmente ele só sairia com ajuda externa – e levá-lo para comer algo em uma lanchonete próxima. Voltaram quarenta minutos depois, cansados, porém com a mente alerta.

– Você não acha estranho? – Paulo falou, esticando as pernas sobre a mesa.

– Eu sei no que você está pensando – Miguel falou. – Você acha estranho que ele tenha lembrado, repentinamente, de tantos detalhes do seu sequestro. Isso, é claro, considerando que nenhuma das outras vítimas, incluindo ele próprio até esta noite, conseguiram lembrar-se de absolutamente nada.

– Faz parte de o nosso trabalho encontrar incongruências onde quer que elas estejam, seja no discurso de um suspeito, seja envolvendo alguma evidência física – Paulo falou.

– Eu concordo que é estranho, mas ocorre o tempo todo. Certa vez assisti a uma palestra com a psiquiatra da polícia sobre isto: chama-se de estresse pós-traumático. Na medida em que o tempo passa, a mente vai aprendendo a lidar com o trauma sofrido e, ao fazê-lo, memórias do evento traumático inicial vão surgindo – Miguel falou.

– Talvez... – Paulo falou, sem convicção.

Após um momento de silêncio Paulo falou:

– Como estamos?

– Estou passando a placa da van no computador – Miguel falou. – Eu não tenho o retrato-falado aqui para você ver, mas pelas feições do homem ele deve ser estrangeiro.

— Salvador Cruz mencionou que eles não falavam português. Você ainda tem aquele amigo no FBI?

— Richard? Tenho sim, ele trabalha no escritório do FBI em Miami — Miguel respondeu.

— Se o sujeito for mesmo estrangeiro, não temos a menor chance de identificá-lo. Você poderia mandar o retrato-falado por e-mail para o seu amigo, além de enviá-lo para a Interpol.

— Pode deixar — Miguel falou.

Eram quatro horas e cinquenta minutos quando Miguel retornou do computador:

— Demos sorte com a van: ela foi abandonada na periferia de Campinas e acabou guinchada por estar parada em local proibido. Este fato gerou uma ocorrência no sistema que permitiu a sua identificação e localização. Ela está sendo trazida para um depósito de veículos aqui em São Paulo.

— Vou solicitar um mandato de busca ao plantão judiciário — Paulo falou.

— O retrato-falado é mais complicado — Miguel falou. — Não temos nenhum registro dele, como esperado.

— E quanto ao seu amigo do FBI, Richard?

— Também demos sorte, pois ele está fazendo o plantão noturno por lá.

Richard acabou de retornar o meu e-mail com algumas informações preliminares. Ele disse que o retrato-falado era detalhado o suficiente para passá-lo no *software* de reconhecimento facial. O programa conseguiu identificar o sujeito, com cerca de noventa e nove por cento de probabilidade. — Miguel falou. — O nome do nosso homem é Alexei Demochev, nacionalidade russa e sem ficha criminal.

– Por que ele tem uma ficha, então? – perguntou Paulo.

– Eu chego lá – Miguel disse. – Existem dois detalhes interessantes, enfatizados por Richard: primeiro, este cara é médico, formado pela Escola de Medicina de Moscou e com um PhD em neurociências, segundo, a ficha dele é, tirando essas informações genéricas, inteiramente sigilosa por motivos de segurança nacional.

– E ele não pode acessá-la? – Paulo perguntou.

– Richard comentou que ficou perplexo com o grau de autoridade necessário para acessar as informações a respeito desse sujeito. Ele disse que nunca havia se deparado com uma ficha de acesso tão restrito e que não conhece ninguém com um grau de liberação suficiente para destrancá-la, e isto inclui até mesmo o seu chefe – Miguel respondeu.

Os dois permaneceram em silêncio enquanto ponderavam sobre o perfil incomum do único suspeito.

O celular de Miguel vibrou. Ele atendeu e enquanto ouvia em silêncio, seu semblante tornou-se sombrio.

Desligou e disse:

– Salvador Cruz acabou de ser encontrado morto em sua padaria.

Paulo e Miguel saíram imediatamente e decidiram ir a pé, já que o local ficava a apenas duas quadras de distância. Enquanto caminhavam, perceberam as primeiras luzes da manhã que se aproxima. Ao chegarem, encontraram a rua vazia, sem curiosos e com duas viaturas da polícia estacionadas na frente da padaria. Havia apenas um policial na calçada. A grade da entrada estava entreaberta.

Assim que entraram, viram o corpo de Salvador Cruz estendido no chão, de bruços, com braços e pernas bem abertos, a meio caminho entre a entrada e o balcão, que ficava nos fundos do estabelecimento. Ele estava usando a mesma roupa da noite anterior. Seu rosto tinha um aspecto pacífico, com olhos fechados e as feições relaxadas, como o de alguém que encontrou paz após um período prolongado de tormento físico ou emocional.

A equipe da perícia tirava fotos do local e colhia impressões digitais, enquanto o legista, agachado ao lado do corpo, falava em voz baixa em seu ditafone. O oficial responsável pela investigação era Ismael Vaz, do Departamento de Homicídios. Ele aproximou-se de Paulo e Miguel, assim que os viu entrar.

— Bom dia. Eu soube que conheciam o falecido — Ismael falou.

Miguel fez um aceno com a cabeça, retornando o cumprimento, e Paulo falou:

— Bom dia. Conhecíamos Salvador Cruz do caso das abduções, você deve ter ouvido falar.

— Ah, sim, com certeza, aquele caso esquisito. Ouvi também que vocês estiveram com ele ontem à noite — Ismael falou.

— Sim, estivemos com ele, até tarde, talvez por volta de uma da manhã. Ele está com a mesma roupa, é provável que tenha vindo direto para cá — Paulo respondeu.

— E por que ele esteve com vocês? Achei que o caso estivesse esfriando, pronto para ser encerrado — Ismael comentou.

— E estava mesmo, mas Salvador Cruz nos procurou ontem à noite, lembrando de alguns detalhes do seu sequestro — Miguel respondeu.

— Que tipo de detalhes? — Ismael perguntou, interessado.

— Ele se lembrou, de modo repentino, do momento de sua captura, inclusive foi capaz de fazer um retrato-falado de um dos sequestradores que não usava capuz. Salvador Cruz também forneceu a placa da van na qual ele foi colocado.

— Isto poderia ajudar — Ismael falou.

— Talvez — Paulo falou. — Localizamos a van em um depósito de veículos da cidade, e estávamos indo para lá quando alguém ligou avisando.

— Pedi que ligassem para vocês, pois sabia que estariam interessados.

— Isto complica as coisas para nós... — Paulo falou. — O que é que já sabemos?

— O corpo foi encontrado às cinco horas pela funcionária que abre a padaria e inicia o turno da manhã. Os demais funcionários chegam por volta das seis horas. Ela disse que encontrou a grade de correr fechada, porém destrancada, o que não é o habitual; e, ao entrar, deparou-se com o corpo no chão. Avisou imediatamente a polícia e chegamos a menos de cinco minutos. Procuramos nos arredores por alguém estranho, além dos moradores de rua conhecidos do bairro, e não encontramos ninguém. Dentro da padaria está tudo no lugar, incluindo o dinheiro do caixa e na carteira da vítima, que continua no bolso do casaco. O legista estima a hora da morte entre duas ou três horas da madrugada. Bastante recente, portanto. Ele acredita que poderia ter sido um infarto fulminante ou algo do gênero, já que inexistem sinais de violência óbvios no corpo. Porém, somente teremos certeza após a autópsia.

— Dentro do pouco que sabemos sobre o seu sequestro, não podemos identificar nada que pudesse ser um motivo para alguém querer matar este homem — Paulo disse. — Isto pelo menos até ontem, quando ele passou a identificar um de seus sequestradores.

— Acho que estamos indo rápido demais. Nem sabemos se ele foi morto e é possível que não. Era um homem de meia idade, provavelmente sedentário e cheio de preocupações.

Talvez tenha sido vítima de uma doença cardíaca que ele próprio desconhecia – Miguel disse.

– De qualquer forma, seguirei a rotina: vou conversar com a esposa, perguntar sobre inimizades e levantar a situação financeira da padaria, além de aguardar o resultado da autópsia – Ismael falou.

– Eu gostaria de estar presente durante a entrevista da esposa – Miguel falou.

Paulo e Miguel decidiram ir embora, estavam exaustos e abalados pela morte de Salvador Cruz. Era inevitável pensar se eles poderiam ter evitado o acontecido, mesmo que a morte fosse de causas naturais como parecia o mais provável. Teriam eles subestimado a angústia do homem frente ao crime que ele havia sofrido? Nesse caso, poderiam tê-lo encaminhado para aconselhamento psicológico mais intensivo, embora ele já tivesse falado com a psicóloga da polícia em pelo menos duas ocasiões. E se a morte tivesse sido provocada? Nesse caso, eles poderiam ter subestimado a periculosidade dos sequestradores, bem como de seu propósito, ainda elusivo.

Paulo foi para casa e, pela primeira vez em vários dias, encontrou todos reunidos: Margarida, José e Antônio. Conversaram durante o café e, após um banho rápido, deitou-se e adormeceu, com a imagem do rosto de Salvador Cruz impressa em sua retina.

Dormiu pesadamente até uma hora da tarde, quando acordou pensando, incessantemente, na ideia de conversar com o médico dispensado da Transcriptase, embora não soubesse exatamente por quê. Após o almoço em casa, Paulo retornou à delegacia. Ao chegar, reparou que, desta vez, havia chegado primeiro: a mesa de Miguel estava vazia.

Encontrou sobre sua mesa uma folha de papel com um retrato-falado, no qual estava preso um bilhete por um clipe.

O bilhete tinha o nome de Paulo e dizia que se tratava do rosto do homem que estivera na clínica psiquiátrica na manhã anterior, se apresentado como policial e que fora feito pelo desenhista da polícia com base na descrição fornecida pelo Dr. Carvalho. As feições eram a de um homem, de aproximadamente cinquenta anos, com traços marcantes, proporcionados por uma mandíbula e regiões malares proeminentes. Tinha cabelos louros, pele muito clara e olhos azuis pouco evidentes, que estavam apenas entreabertos. No geral, os traços rudes e a face ossuda do homem conferiam-lhe um ar sinistro, embora não o de um marginal comum. Paulo pensou que as suas feições, especialmente quando associadas aos cabelos louros, à pele clara e aos olhos azuis, indicavam que, provavelmente, o homem era estrangeiro.

Paulo checou o seu e-mail e viu uma mensagem do chefe, Luis Augusto Brandão, convocando os dois para uma reunião, no dia seguinte, às onze horas da manhã, a fim de prestarem informações preliminares a respeito das primeiras 48 horas de investigação do desaparecimento de José Luis Maximiliano.

Quando Miguel aproximou-se da mesa de Paulo, era pouco mais das três horas da tarde. Paulo reparou que ele tinha uma folha de papel nas mãos e, mesmo a certa distância, era possível ver que se tratava de um retrato-falado. Miguel virou a face da folha com o desenho para Paulo e disse:

– Este é o retrato-falado feito ontem à noite com as informações de Salvador Cruz, do homem que participou do seu sequestro e que não usava máscara.

– Ai, que merda! – foi tudo o que Paulo conseguiu dizer ao olhar o retrato-falado. Não era necessária uma análise mais profunda ou minuciosa do rosto e de suas feições para perceber que eram a mesma pessoa. A qualidade de ambos diferia bastante, conforme já alertara o artista da polícia. O desenho feito com base na descrição do Dr. Carvalho, mais simples e carente de detalhes e, aquele feito com base no relato de Salvador Cruz, mais rico em nuances e sutilezas. Eram, entretanto, inequivocamente retratos da mesma pessoa.

– Já tínhamos sido apresentados – Paulo falou ao virar o retrato-falado que tinha na sua mesa para Miguel.

– Ai, que merda... – Miguel falou.

Os dois pensaram, em absoluto silêncio, por um minuto inteiro: ambas as mentes tentando assimilar a coincidência improvável. Finalmente Miguel falou:

– Excelente. Temos um médico russo maluco, fichado pelo FBI, abduzindo pessoas em São Paulo sem um propósito aparente; e agora também se fazendo passar por policial em um caso de pessoa desaparecida.

– Frente a este novo desdobramento, o que temos que tentar fazer é estabelecer uma conexão entre os nossos dois casos: as abduções e o sequestro de José Luis. Para tanto, temos que entender a motivação por trás das abduções. Que objetivo elas têm? – Paulo perguntou e concluiu: – Considerando que nenhuma das vítimas teve nada roubado e nem apresentou nenhum sinal de violência, afora os cabelos raspados, a minha primeira hipótese é de que se trata de algum experimento médico. Algo provavelmente envolvendo métodos ilegais, que não obteriam aprovação em um comitê de ética de um hospital ou universidade e, portanto, não poderiam ser realizados abertamente.

– Eu sei que o que vou dizer complica as coisas ainda mais, mas acabo de conversar com o legista que fez a autópsia em Salvador Cruz: ele foi assassinado – Miguel falou desanimado, já ruminando sobre as repercussões que isto traria ao caso. – O médico não encontrou nenhum sinal de violência no corpo, nem qualquer sinal suspeito, exceto pela presença de uma ferida punctória, situada na prega de pele entre o primeiro e segundo dedos do pé esquerdo. A ferida é compatível com o sítio de punção de uma agulha de médio calibre. Ou seja, ele recebeu uma injeção. Após este achado, o legista realizou exames toxicológicos no sangue e encontrou vestígios de barbitúricos, além de níveis extremamente altos de potássio.

– Ele foi envenenado – Paulo disse, perplexo.

– Sim, e por alguém que sabia muito bem como fazê-lo. O legista ainda não sabe ao certo o que foi usado, mas acredita que tenha sido uma combinação de substâncias que incluem, além dos barbitúricos que o tornaram inconsciente, algum composto contendo potássio, o que provocou uma parada cardíaca – Miguel falou.

– Profissionais, sem dúvida. E o nosso russo misterioso é médico – Paulo completou.

– Acho que devemos divulgar o retrato-falado do médico russo imediatamente, tanto para as delegacias locais quanto para a polícia federal nos aeroportos e postos de fronteira – Miguel disse.

– Boa ideia, faça isso – Paulo falou.

Como Miguel já conseguira um mandato de busca, decidiram sair imediatamente e ir ao depósito de veículos procurar a van, cuja placa Salvador Cruz tinha fornecido em seu relato na noite anterior.

O depósito ficava na periferia da cidade e era imenso, devendo abrigar cerca de mil carros, vans e caminhões apreendidos por motivos variados. Paulo e Miguel levaram pelo menos dez minutos para identificar a van, mesmo com orientações detalhadas do funcionário que fazia a segurança na entrada do lugar.

O veículo era uma Fiat Ducatto branca com placas de São Paulo e parecia nova, apesar de razoavelmente suja com a lama que cobria o chão do depósito. Nas laterais ou na porta traseira não existiam pinturas ou logotipos de nenhum tipo. Havia um conjunto de arranhões profundos cobrindo uma pequena superfície do para-choque traseiro da van, do lado do motorista. Com a chave que o funcionário lhe dera, Miguel abriu a porta da frente, do lado do motorista e, em seguida, a porta do compartimento traseiro. Calçaram luvas de látex e combinaram que Miguel examinaria a frente enquanto Paulo checaria o compartimento traseiro. A parte traseira da van era muito espaçosa e estava totalmente vazia, desprovida até mesmo do estofamento habitual de fábrica. A inspeção de Paulo foi rápida, pois não havia realmente nada a ser observado. Saiu, fechou as portas e encontrou Miguel também encerrando a sua inspeção.

— Absolutamente nada — Paulo falou.

— Aqui na frente também: afora isso, que estava no chão, entre o banco do carona e a soleira da porta — Miguel disse, segurando um saco plástico para evidências, que continha um cubo feito de um metal escuro.

— O que é? — Paulo perguntou.

— Não faço ideia — Miguel falou.

Paulo aproximou-se para olhar mais de perto o objeto. Era um cubo com cerca de três centímetros de arestas. Era feito de um metal muito escuro, pouco reflexivo e tinha uma pequena entrada em uma de suas faces, que lembrava um conector de algum tipo de cabo de computador.

— Encaminhe para o pessoal da perícia. Talvez eles saibam o que é — Paulo falou. — Vamos chamar uma equipe da perícia para examinar a van.

Como já era próximo das sete horas, eles demoraram a retornar ao Palácio da Polícia, pois foram pegos no pior do tráfego da hora do pico. O trânsito truncado deu-lhes, entretanto, tempo para rever o que sabiam. Embora parecessem, pelo menos na superfície, situações muito distintas, os dois casos tinham agora um ponto de união: a figura do médico russo, Alexei Demochev.

Debateram o porquê da visita dele à clínica, na manhã seguinte ao sumiço de José Luis. Ambos concordaram que fora um risco considerável, considerando que por menos de uma hora o russo não se encontrou diretamente com os detetives, que chegaram à clínica logo após a sua saída. Paulo ponderou que o único motivo lógico para se aventurar novamente na cena do crime era que o criminoso esquecera algo importante no local. Algo que, se descoberto, pudesse conduzir diretamente ao perpetrador do crime. Frente a este raciocínio, os detetives concordaram que era urgente o seu retorno à clínica. Miguel também ligou para a perícia, pedindo que examinassem a van que estava no depósito.

Ao chegarem ao estacionamento da delegacia, encontraram com Ismael, que os aguardava para a entrevista com a viúva de Salvador Cruz. Decidiram ir a pé, pois a residência da viúva, assim como a padaria do falecido eram próximas.

No caminho, Ismael contou que um de seus homens obtivera um relato interessante de um morador de rua, que habitava próximo à padaria de Salvador Cruz. O homem contara que, no início da noite, um carro tinha parado em frente à padaria, em fila dupla e sem desligar o motor. Uma moça, cujo rosto inicialmente ele não viu, já que estava do outro lado da rua, saiu do carro e entrou no estabelecimento. Apenas alguns instantes se passaram e ela saiu acompanhada de Salvador Cruz, que fechou a padaria e entrou com ela no carro. Ele não viu o rosto da moça em detalhes, mas no retorno, como ela estava virada para o lado da rua em que se encontrava, ele pôde nos dizer, ao menos, que ela era jovem, aproximadamente trinta anos, com cabelos castanho-claros curtos. O carro retornou cerca de uma hora e meia depois, deixando a vítima de volta ao local. A testemunha era tida como confiável e já tinha, inclusive, colaborado com a equipe de Ismael em outro caso. Os moradores de rua também disseram que não estavam por perto no horário provável do crime, pois a prefeitura estava oferecendo um sopão a algumas quadras dali naquela noite.

A casa em que Salvador Cruz morava com a esposa era antiga, simples e ficava em um terreno pequeno, cercado de prédios antigos e decadentes. Havia uma cerca na parte da frente com um portão, que estava aberto. Entre a casa e o portão existia um pequeno, mas bem cuidado jardim, com grama recém-aparada, alguns vasos de flores e uma horta. A viúva, dona Iolanda Cruz, atendeu à campainha e deixou os policiais entrarem. Ela devia estar com sessenta e aparentava a idade que tinha. Estava vestida de preto e segurava um crucifixo na mão esquerda. Tinha olhos vermelhos e o rosto edemaciado, como de quem já chorou mais lágrimas do que as suas glândulas lacrimais puderam comportar em tão curto intervalo de tempo. Ela apresentou e em seguida dispensou as duas irmãs mais novas que lhe faziam companhia. Sentaram-se na sala, dona Iolanda olhando fixamente ao chão.

– Ouvi falar que o meu Salvador foi envenenado. Não posso imaginar quem faria uma coisa dessas – Iolanda falou, quebrando o silêncio.

– Sentimos muito por sua perda – Paulo falou.

Ela apenas assentiu.

– A senhora tem ideia de quem teria interesse em prejudicar o seu marido? – Ismael perguntou.

– O meu Salvador? Ninguém. Ele não tinha inimigos. Era um homem bom, trabalhador e honesto. Todos no bairro o conheciam e gostavam dele – Iolanda falou. – Ele sempre dava pão e café aos moradores de rua da redondeza, por isso eles se concentravam próximo à padaria. Era um homem generoso.

— Teremos que lhe fazer algumas perguntas que poderão parecer intrusivas neste momento, mas que irão nos ajudar a compor um panorama da vida do seu marido. Precisamos fazer isso para tentarmos entender quem poderia querer prejudicá-lo — Ismael falou. — Qual era situação financeira da padaria? Seria possível que o seu marido devesse dinheiro a alguém?

— O meu marido não devia nada a ninguém — ela respondeu prontamente. — A padaria nunca deu prejuízo, embora também não desse grandes lucros. Ela sempre nos manteve de maneira simples, mas com dignidade. Além disso, sempre tivemos as economias do meu marido.

— Quais economias? — Ismael perguntou.

— Ele me contou que, antes de nos conhecermos, ganhara uma indenização trabalhista de valor razoável, que manteve aplicada durante todos esses anos. O rendimento dessa aplicação também não era muito, mas ajudava.

— E a senhora não sabe exatamente de onde veio? — Ismael perguntou.

— Não. Ele nunca me falou, pois foi do período antes de nos conhecermos — Iolanda respondeu.

— Como vocês se conheceram? — Ismael perguntou.

— Nos conhecemos em 1981, aqui em São Paulo, pois frequentávamos a mesma igreja.

— Vocês não chegaram a ter filhos?

— Já éramos mais velhos, ele com 41 anos e eu com 39. Achamos que a hora já havia passado.

– O que é que a senhora sabe sobre o passado do seu marido? – Ismael perguntou.

– Muito pouco. Ele não gostava de falar sobre o seu passado. Dizia que o que importava era o presente e que a vida dele tinha começado quando me conheceu. Eu ficava lisonjeada e deixava para lá. Tudo o que sei é que ele nasceu na Argentina e que veio para o Brasil em 1979 – ela respondeu.

Um silêncio tomou conta do recinto. Perceberam que a viúva tinha pouco a contar, possivelmente por desconhecer boa parte da história de vida do marido.

Paulo e Miguel pediram licença e foram conversar na frente da casa. Decidiram que Paulo seguiria o seu palpite e procuraria o médico dispensado da Transcriptase, enquanto Miguel acompanharia Ismael até o final da entrevista. Encontrar-se-iam na delegacia, mais tarde.

Paulo pegou o seu celular e discou o número de Roger Lantz, retirado da lista de Marco Rossi. Somente após o quinto toque uma voz masculina, falando português com sotaque inglês americano, respondeu e identificou-se como Roger Lantz. Paulo apresentou-se e pediu para conversar com ele sobre o seu antigo emprego na Transcriptase, enfatizando que não pretendia tomar muito o seu tempo. O médico relutou, mas concordou. Ele deu o endereço do *flat* em que estava hospedado nos Jardins e pediu que o detetive viesse rapidamente, pois ele pegaria um avião de volta aos EUA esta noite.

Decidiu tomar um táxi, pois assim não precisaria caminhar de volta à delegacia para apanhar o carro. O *flat* era de alto padrão e Paulo teve de anunciar a sua presença na recepção, antes de ser liberado para subir. Roger Lantz o esperava com a porta aberta. Era um homem de meia idade, na casa dos cinquenta, alto e estava acima do peso, exibindo uma cintura proeminente. Tinha um rosto amigável e era praticamente calvo, com uns poucos cabelos louros espalhados em direções variadas.

– Roger Lantz? – Paulo perguntou.

– Sou eu. O senhor deve ser o detetive Paulo, boa noite – o médico respondeu em um português razoável, enquanto apertavam as mãos.

Roger Lantz o convidou a entrar e fechou a porta. O quarto do *flat* era espaçoso e contava com três ambientes distintos: uma cozinha ao fundo, um quarto com banheiro à esquerda e o ambiente em que eles se encontravam, que continha, entre outras peças de mobília, um sofá de dois lugares, uma mesa para refeições, além de uma televisão de LCD. A decoração era nova e de bom gosto, sendo fácil perceber que este era um lugar caro para se hospedar. Paulo também reparou que havia malas fechadas sobre a cama.

– Então o senhor parte esta noite? – Paulo perguntou, para iniciar.

– Sim. Como o senhor já parece saber, não trabalho mais na Transcriptase e, portanto, não tenho mais nada a fazer no Brasil – o médico respondeu sentando à mesa de refeições e sinalizando para que Paulo se acomodasse no sofá.

– Estamos investigando uma situação que poderia envolver perifericamente a empresa. Gostaria de saber se o senhor poderia dizer algo sobre as suas atividades na Transcriptase.

– Estive na empresa por menos de três meses, o que torna o meu conhecimento sobre o assunto bastante superficial – ele respondeu. – Mais importante, entretanto, é que antes de ser admitido assinei um acordo de confidencialidade, que é vitalício, valendo inclusive após uma eventual demissão e que impõe pesadas compensações financeiras à Transcriptase, se violado. Esse acordo me impede de conversar sobre qualquer tópico que envolva algo que eu tenha visto ou aprendido a respeito das atividades da empresa.

– Compreendo – Paulo disse, já arrependido da visita e frustrado com a sua intuição.

– Não faço ideia do que o senhor investiga e, honestamente, prefiro não saber. Fico feliz, porém, que envolva a empresa.

– E por quê? – Paulo perguntou.

– Eu diria que tem relação com o motivo pelo qual eu pedi a minha demissão – Roger Lantz respondeu.

– E que motivo seria este? – Paulo perguntou.

– A verdade é que, neste curto período, mesmo estando apenas envolvido em um projeto de menor importância, tomei conhecimento de algumas práticas de pesquisa que são, no mínimo, inaceitáveis – Roger Lantz falou. – Resolvi, por conta própria, fazer uma pesquisa na Internet sobre a empresa e fiz algumas descobertas perturbadoras, que me convenceram que o meu afastamento era a única opção razoável.

– E que práticas seriam essas? – Paulo perguntou, com o ânimo renovado.

– Não posso comentar.

– Elas envolvem seres humanos?

Silêncio.

Paulo percebeu que o homem gostaria de falar sobre o assunto, mas que estava acuado, ou até assustado, e não iria prosseguir, mesmo que pressionado.

– Eu sinto muito em tomar o seu tempo – Paulo falou, levantando-se e estendendo a mão ao médico. – Espero que faça uma boa viagem.

Paulo foi em direção à porta e Roger Lantz falou em suas costas:

– Nada impediria, entretanto, que o senhor recebesse em seu escritório uma correspondência anônima contendo alguns documentos sobre o assunto. O senhor não encontraria um remetente nesta correspondência, naturalmente.

– Compreendo. Eu também possuo um endereço eletrônico – Paulo disse, enquanto escrevia o endereço do Palácio da Polícia e o seu nome completo em um cartão.

– Meios eletrônicos não são seguros detetive.

Paulo deixou o cartão sobre a mesa e saiu.

Era próximo das onze horas da noite quando Paulo encontrou Miguel na lancheria que eles frequentavam na rua do Palácio da Polícia. Enquanto jantavam, Paulo contou sobre o encontro com Roger Lantz e a promessa dos documentos pelo correio.

Miguel relatou algo que ocorrera no final da entrevista com a viúva de Salvador Cruz. Ela os havia deixado examinar a casa, incluindo objetos pessoais do marido. Miguel havia encontrado, por pura sorte, uma pasta de papelão muito antiga oculta no fundo falso da gaveta de uma cômoda. Ele convenceu Ismael a deixá-lo com a pasta por esta noite, mas teria que devolvê-la pela manhã. Ismael também dissera que seguiria a sua rotina e que iria obter informações sobre as finanças de Salvador Cruz e ainda sobre a sua situação no consulado argentino, já que, pelas informações de Iolanda, ele era cidadão argentino.

Após comerem, durante o café, um longo silêncio instalou-se enquanto os dois repassavam mentalmente os eventos do dia.

– Como encaixamos as coisas agora? – Miguel perguntou, quebrando o silêncio.

— Temos uma coincidência a considerar, mas, com os dados que temos no momento, só podemos dizer o óbvio: o médico russo apareceu nos dois casos, o que não nos ajuda enquanto não soubermos mais sobre ele e o que pretende com as abduções. Acho que poderíamos tentar contatar o seu amigo Richard, do FBI, e ver se ele consegue alguma outra informação — Paulo falou.

— E você acredita que exista uma relação entre os dois casos, as abduções e o sumiço do rapaz? — Miguel perguntou.

— A presença do médico russo nos dois casos aponta nesta direção — Paulo respondeu. — Precisamos de outros fatos, que nos permitam fazer uma ligação entre estas informações, dentro de uma sequência lógica.

— E qual será o nosso próximo passo? — Miguel perguntou, bocejando.

— Pesquisar, de todas as formas possíveis, para tentar aprender o que pudermos sobre todos, incluindo Salvador Cruz, o médico russo Alexei Demochev e o próprio senhor Siegfried — Paulo respondeu.

— Roger Lantz disse que fez descobertas na Internet. Vou fazer a minha própria pesquisa, enquanto aguardamos mais informações da equipe de Ismael — Miguel disse.

— Temos ainda que retornar à Clínica Casa da Montanha, para examinar novamente o quarto de José Luis e tentar descobrir se Alexei Demochev esqueceu algo que possa nos ajudar — Paulo disse. — Amanhã, no final da manhã, temos que prestar contas para o chefe, por isso acho que devemos nos dividir. Vá bem cedo à clínica e reexamine o quarto de José Luis.

— E você? — Miguel perguntou.

— Vou conversar com o senhor Siegfried e perguntar se ele conhece o médico russo — Paulo respondeu.

Houve um momento de silêncio que foi interrompido pelo som de Paulo bocejando.

– E quanto à pasta escondida na casa de Salvador Cruz? – Miguel perguntou.

– Só há uma maneira de descobrir. – Paulo respondeu, levantando-se.

Retornaram ao Palácio da Polícia e foram até a sala da perícia onde encontraram Marcos fazendo o plantão noturno. Mostraram a ele o saco plástico para provas. Ele vestiu luvas de látex e abriu a pasta, espalhando o seu conteúdo sobre uma mesa. Em seu interior estavam sete folhas de ofício amareladas, com um aspecto ainda mais antigo do que a pasta que as continha. Marcos as examinou, uma a uma meticulosamente, inicialmente a olho nu e, logo após, com uma lupa. Depois, observou as folhas contra a luz e finalmente disse:

– Tratam-se de fotocópias de documentos tão antigas, que a maior parte do texto que continham já desapareceu. Seria preciso uma análise mais aprofundada para afirmar ao certo, mas eu diria que têm pelo menos uns trinta anos.

Marcos exibiu as folhas, uma a uma, para os detetives. Todas, exceto uma, tinham o seu conteúdo tão esmaecido pelo tempo, que pareciam, na verdade, folhas em branco. Naquela que não teve o seu conteúdo inteiramente apagado, era possível identificar fragmentos de texto em dois parágrafos: um no início da página e o outro no final. O texto havia sido escrito com uma máquina de escrever, em inglês.

Paulo examinou a folha cuidadosamente e leu em voz alta o primeiro parágrafo, traduzindo o texto que não havia desaparecido por completo:

– "Seguimento...cientistas trazidos pela Operação *Paperclip...Mayflower...*" – Paulo percorreu a folha até o último parágrafo e prosseguiu: – "Dr. A. Demochev...encarregado... projeto derivado...Enfermaria 43".

Paulo devolveu os documentos para Marcos que os acondicionou de volta no saco plástico para provas.

– "A. Demochev" certamente é Alexei Demochev – Miguel falou. – Como explicamos que Salvador Cruz, o padeiro do bairro, tinha escondido em casa documentos citando um médico russo fichado pelo FBI? E mais, o que são "Operação *Paperclip*" e "Enfermaria 43"?

– Não faço a menor ideia por que Salvador Cruz teria em sua posse documentos citando Alexei Demochev. Quanto às outras citações também não sei o que significam. Sugiro que você faça uma pesquisa na Internet e tente descobrir se elas são algo de domínio público – Paulo falou.

Miguel assentiu.

Quando se preparavam para sair, Paulo apanhando o seu casaco e Miguel desligando o computador, perceberam um policial conduzindo em sua direção um homem que eles não conheciam. O policial apresentou os detetives ao visitante e foi embora, deixando o homem:

– Boa noite e desculpem pela hora. Meu nome é Enzo Basile, sou agente da Interpol e preciso falar com vocês.

O visitante apresentou as suas credenciais.

Com o raciocínio lentificado pelo avançado da hora e pelo estado de exaustão, os detetives ficaram temporariamente paralisados pela surpresa da visita. Por fim, apertaram as mãos e Paulo indicou ao visitante a cadeira no lado oposto da sua mesa.

Enzo Basile era um homem baixo, mas atarracado. Tinha o rosto redondo, com bochechas grandes e uma papada saliente sob o queixo. Os cabelos eram escuros, assim como o seu bigode espesso. Seus olhos castanhos pareciam anormalmente grandes quando vistos através das lentes grossas dos seus óculos redondos. Paulo achou difícil calcular a idade do homem, mas presumiu que ele devia estar com aproximadamente dos cinquenta anos de idade.

– E então, senhor Basile, em que podemos ajudá-lo? – Paulo falou.

– Por favor me chamem de Enzo. Como eu havia dito, sou agente da Interpol e estou aqui para conversar sobre Alexei Demochev. Sei que vocês fizeram um pedido recente de informações sobre ele e como este é um assunto muito sensível para ser tratado de maneira impessoal, decidi visitá-los pessoalmente.

– Ele está envolvido em um caso no qual estamos trabalhando – Paulo falou.

– Espero que compreenda que não podemos falar sobre como Demochev está envolvido e nem do que se trata este caso.

– Eu entendo. O motivo da minha visita é pedir a vocês que compartilhem quaisquer informações que eventualmente surjam a respeito de Demochev – Enzo disse. – Em troca, posso falar um pouco sobre o que sei dele.

– E qual o seu interesse em Demochev? – Miguel perguntou.

– Eu sou italiano, mas trabalho no escritório brasileiro da Interpol, em Brasília, há muitos anos – Enzo falou.

– O seu português é perfeito.

– Obrigado – Enzo respondeu. – A minha linha de trabalho não envolve diretamente Alexei Demochev, mas sim pessoas que o ajudaram em determinado ponto de sua vida. Vocês já ouviram falar na Operação *Paperclip*?

Paulo e Miguel trocaram olhares, surpresos, mas não responderam.

Enzo prosseguiu:

— A Operação *Paperclip* foi um plano da inteligência americana para levar aos EUA cientistas nazistas no período pós--Segunda Guerra Mundial. Foi um grande acerto do ponto de vista estratégico, tendo rendido dividendos duradouros aos americanos. A Operação *Paperclip*, contudo, foi mais ampla e, em determinado ponto, passou a englobar não apenas cientistas alemães. Logo após o término da Segunda Guerra, a inteligência americana foi colocada em contato com um homem chamado Reinhard Gehlen, que era um dos chefes da inteligência nazista. Gehlen tinha uma vasta rede de espiões e informantes na União Soviética, que fora em parte ocupada pelo Terceiro Reich. Gehlen ofereceu aos americanos um acordo bastante simples: ele coordenaria a sua ampla rede de espiões na União Soviética em benefício da CIA, em troca de não ser julgado em um tribunal de crimes de guerra.

— É uma situação e tanto: um oficial nazista trabalhando para os EUA — Paulo ponderou.

— É verdade, e Gehlen ainda trabalharia para a CIA por muitos anos — Enzo falou. — Neste período, a rede de Gehlen recrutava, principalmente na Universidade de Moscou, cientistas altamente capacitados que tivessem interesse em ir para os EUA. A fuga acontecia através de uma rede de facilidades que a CIA mantinha na Itália, cujos detalhes eu não posso revelar, mas que são o objeto principal do meu trabalho. Esta rede de facilidades era a mesma que criminosos de guerra nazistas usaram para fugir da Europa.

Enzo fez uma pausa e continuou:

— O que vou revelar a vocês agora é altamente secreto e aconselho que não compartilhem esta informação com ninguém. Por volta de 1959, dois cientistas russos, ambos médicos, Mikhail Petrovin e Alexei Demochev foram retirados da União Soviética através da rede de Reinhard Gehlen. Enquanto Demochev recusou-se a mudar de nome, Mikhail Petrovin mudou o seu para Michael Rothschild, assumindo uma falsa identidade alemã. Uma vez nos EUA, a trajetória dos dois foi bem distinta: Demochev permaneceu no mundo acadêmico, acumulando várias pós-graduações no currículo, enquanto Michael Rothschild acabou por enveredar-se para o mundo dos negócios onde foi altamente bem-sucedido. Talvez vocês já tenham ouvido falar dele, uma vez que, atualmente, é um dos empresários mais poderosos dos EUA.

– E por que é que Demochev está sendo investigado? – Miguel insistiu.

Enzo pareceu desconfortável com a pergunta, ajeitou-se na cadeira, mas permaneceu em silêncio.

– Precisamos saber com o que estamos lidando – Paulo falou.

Mais um instante de silêncio e por fim Enzo disse:

– Ele é procurado por crimes contra a humanidade – falou e depois completou: – É tudo o que posso dizer. Falei até mais do que devia.

– É uma história e tanto, mas não vejo relação imediata com o que estamos investigando. De qualquer forma, agradecemos pelas informações – Paulo falou.

– Eu lamento, mas é o máximo que posso revelar – Enzo falou. – Se vocês tiverem qualquer pista sobre Demochev, por favor, entrem em contato.

Despediram-se de Enzo Basile e permaneceram em silêncio, perplexos com a visita do agente da Interpol. Sabiam que especulações àquela hora e no estado de exaustão em que se encontravam, não os levariam a parte alguma.

Concordaram que era muito tarde e que deviam ir embora. Despediram-se e Paulo foi para casa. Pretendia acordar antes das seis horas, o que lhe dava apenas algumas horas de sono.

São Paulo, Brasil, Sexta-Feira, 5 de Setembro de 2008.

Na manhã seguinte, Paulo chegou ao Palácio da Polícia às seis horas em ponto. Abriu o seu e-mail e viu o relatório da perícia na van, que tinha sido enviado logo após a meia-noite. Pensou que não eram os únicos sob pressão ou sobrecarregados de trabalho. A perícia encontrou a van limpa a ponto de ser asséptica: não havia poeira, fios de cabelo, tecido de roupas e muito menos impressões digitais, a não ser a do agente de trânsito que tinha feito o reboque até o depósito. Os arranhões no para-choque traseiro tinham vestígios de uma tinta azul, o que não os ajudava neste momento, pois não tinham com o que compará-la. Paulo decidiu ir até a garagem do prédio, para onde a van tinha sido rebocada, e anotar o número do chassi.

Ao voltar à sua mesa, encontrou Ismael esperando por ele. O detetive de homicídios tinha olheiras profundas e postura encurvada, o que indicava que ele dormira ainda menos do que Paulo, possivelmente tendo passado a noite em claro.

– Bom dia. Noite difícil, heim? – Paulo falou, sentando-se à sua mesa.

– Nem me diga. Passamos a noite falando com *todos* os moradores de rua do bairro. Ninguém viu mais nada – Ismael respondeu, sentando-se no lado oposto da mesa de Paulo. – Conseguimos, com o plantão judiciário, autorização para quebrar o sigilo bancário de Salvador Cruz.

– E então? – Paulo perguntou.

– O senhor Salvador Cruz tinha, em aplicações variadas no Banco do Brasil, cerca de 5,5 milhões de reais, que rendiam, mensalmente, não menos do que R$45.000,00 –

Ismael respondeu. – De acordo com a sua última declaração de imposto de renda, o lucro anual da padaria, foi de cerca de R$12.000,00.

– O dinheiro não vinha da padaria. Conseguimos saber de onde veio? – Paulo perguntou.

– Os valores aplicados no Banco do Brasil têm sido declarados nos últimos onze anos. Antes disso, precisamos examinar manualmente a declaração, pois ela foi feita ainda em formulário de papel – Ismael respondeu.

– E quanto ao celular dele, temos uma lista das últimas ligações? – Paulo perguntou.

– Sim, e aqui está uma cópia. As últimas ligações foram às 3h30min da manhã, próximo do horário estimado da morte. Uma ligação foi feita e outra recebida em seguida, deste mesmo número, mais cedo, às 10h30min da noite – Ismael respondeu e entregou-lhe uma cópia da lista. O número era de um celular local.

– Este número já foi identificado? – Paulo perguntou

– Ainda não. Já ligamos para o número, mas sempre dá em uma secretária eletrônica, sem mensagem de identificação – Ismael respondeu.

– E o consulado argentino?

– Era muito tarde ontem para tentar. Vamos fazer contato com eles hoje pela manhã – Ismael falou e perguntou: – E quanto àquela pasta que encontramos?

– Eram documentos muito antigos, a maior parte já apagado pelo tempo. Recuperamos apenas fragmentos de texto, que não fazem sentido algum, afora a menção do nome de Alexei Demochev – Paulo respondeu.

– Quem é ele? – Ismael perguntou.

– É o nosso único suspeito. Chegamos até ele através da descrição de Salvador Cruz, um de seus captores. Não posso entrar em detalhes sobre este sujeito sem o aval do chefe, pois ele também está envolvido em outro caso complicado no qual entramos esta semana – Paulo falou.

– Entendi: o caso envolve alguém muito grande. Vocês estão encrencados – Ismael falou.

– Você nem imagina o quanto – Paulo falou em um desabafo.

Ismael saiu e Paulo voltou-se ao computador. Um novo e-mail tinha chegado, era do contato deles na Polícia Federal, informando que ninguém com o nome de Alexei Demochev entrara no país, pelo menos legalmente, nos últimos doze meses. Nada de surpreendente, pensou. Paulo entrou com o número do chassi da van no sistema do DETRAN. Enquanto aguardava o resultado, e como já eram quase sete horas, decidiu que já podia ligar para o celular da secretária particular do senhor Siegfried. Discou o número e a ligação caiu direto em uma caixa de mensagens, que não tinha nenhuma identificação. Paulo identificou-se e desligou. Em menos de um minuto o seu celular tocou. Era a secretária particular do senhor Siegfried. Paulo explicou o seu desejo de marcar um encontro ainda pela manhã com o senhor Siegfried. Ela disse que falaria com ele e retornaria com uma resposta assim que possível.

Paulo pegou a lista que Ismael deixara com as ligações do celular de Salvador e examinou as últimas chamadas feitas e recebidas. Apanhou o seu próprio celular e com a mente tomada pela surpresa, teve que conferir duas vezes para se convencer de que era o mesmo. O número que acabara de discar, que pertencia à secretária particular do senhor Siegfried, era o mesmo para o qual Salvador Cruz havia ligado e que retornara para ele logo em seguida, às 10h30min da noite, e novamente, mais tarde, às 3h30min da madrugada. Havia uma ligação entre o senhor Siegfried e Salvador Cruz.

Paulo decidiu que não confrontaria o senhor Siegfried com essa informação, pois ainda não tinha dados suficientes para explorar o assunto e, se recebesse uma resposta evasiva, não teria como se defender. Decidiu que o mais importante neste momento era que o senhor Siegfried explicasse qual era a sua relação com Salvador Cruz, que havia motivado as ligações telefônicas.

O seu celular tocou e Paulo viu que era o número, agora infame, da secretária particular do senhor Siegfried. Ela confirmou que o senhor Siegfried tinha quinze minutos para atendê-lo, às nove horas, em sua casa. Anotou o endereço e desligou.

Checou o computador, o resultado da pesquisa estava pronto. O Fiat Ducatto tinha sido comprado em uma concessionária em São Paulo, há cerca de dois meses. Estava registrado em nome de uma empresa chamada Companhia Paulista de Serviços Gerais. Paulo checou o endereço cadastrado da sede da empresa no mapa e viu que a rua existia, mas a numeração não, pois a rua era curta e terminava muito antes do número existente no endereço.

Miguel chegou apressado, dizendo que não fora diretamente à clínica em Cotia, pois queria contar sobre a pesquisa que fizera na Internet na noite anterior. Paulo o interpelou e contou sobre o resultado da pesquisa do chassi da van e, principalmente, do número do senhor Siegfried no celular de Salvador Cruz.

— Se houver uma conexão entre os dois, precisamos saber. Vamos confrontá-lo com isso. Ele terá que explicar por que conversou por telefone com o homem no meio da madrugada e, pior ainda, próximo à hora em que ele foi assassinado – Miguel falou.

— Ainda não podemos fazer isso, pois não sabemos o suficiente. E se ele tiver uma desculpa na ponta língua? Não teremos dados para confrontá-lo de volta. Além disso, ele pode sentir-se acuado, retrair-se e precisamos da cooperação dele — Paulo respondeu. — A prioridade será ver se ele pode identificar Alexei Demochev e nos dizer algo útil sobre ele.

— Precisamos investigar essa empresa que comprou a van — Miguel falou.

— Sem dúvida, mas agora não há tempo, faremos isto à tarde.

— Falei com Richard ontem à noite, antes de sair — Miguel falou. — Perguntei se conseguiria destrancar alguma parte da ficha de Alexei Demochev. Ele disse que para conseguir isso seria necessário um grau de liberação que nem o chefe do escritório do FBI de Miami tem. Depois ele ligou diretamente do seu celular pessoal para comentar uma situação, no mínimo estranha, que ocorrera durante o dia de ontem.

— O que houve? — Paulo perguntou.

— Richard disse que o chefe dele veio espontaneamente procurá-lo, oferecendo uma sugestão para nos ajudar a obter mais informações sobre Alexei Demochev. O estranho não foi somente a sugestão que ele fez, que é, digamos, no mínimo, pouco ortodoxa, mas também foi esquisita a intervenção do seu chefe, oferecendo ajuda em um assunto assim, que não passa de uma cortesia, algo não oficial. Você sabe, Richard é um cara novo, assim como eu. Ele apenas recentemente recebeu a sua primeira investigação importante, portanto, não é comum o seu chefe procurá-lo — Miguel respondeu.

— E qual foi a sugestão? — Paulo perguntou.

— O chefe dele sugere que façamos um pedido formal de solicitação de informações sobre Alexei Demochev e que citemos, na lista de possíveis cúmplices, o nome de Khaled Nassar — Miguel respondeu.

— E quem é esse cara? — Paulo perguntou.

— Ele é ativista islâmico, de nacionalidade tunisiana, que mora em Foz do Iguaçu e é monitorado por figurar em uma lista de suspeitos envolvidos com terroristas. Como você sabe, a tríplice fronteira: Brasil, Argentina e Paraguai, é uma zona monitorada pelos americanos — Miguel respondeu.

— Deixa eu ver se entendi: ao citarmos o nome desse cara, prenderemos a atenção deles e, talvez, digo, talvez, consigamos um pedaço um pouco maior da ficha de Alexei Demochev — Paulo falou.

— Exato. Mas isso também tem consequências, já que depois eles vão checar a informação, descobrir que não tinha nada a ver e...

— Estaremos com o nosso filme queimado — Paulo disse — É realmente uma sugestão muito esquisita.

— É mesmo, mas poderia nos ajudar — Miguel falou.

Paulo pesou as suas escolhas por um momento e disse:

— Vamos adiante. Pode prosseguir com isso. Precisamos saber mais sobre este cara, ele é o nosso único suspeito.

— Pode deixar comigo — Miguel falou. — Outra coisa: perguntei a ele sobre as citações presentes nos documentos de Salvador Cruz: "Operação *Paperclip*" e "Enfermaria 43".

— E...? — Paulo perguntou.

— Ele disse que a Operação *Paperclip* é, pelo menos em linhas gerais, algo de domínio público e me contou quase a mesma coisa que Enzo Basile nos disse ontem à noite. Tratou-se de uma operação da inteligência americana, iniciada no término da Segunda Guerra Mundial, e que tinha como objetivo trazer cientistas nazistas importantes, cujo conhecimento técnico fosse considerado estratégico para os EUA. Na Internet descobri, além disso, que muitos destes cientistas nazistas eram, inclusive, procurados por crimes de guerra. Já sobre a "Enfermaria 43", ele disse que nunca ouviu falar e também não achei nada a respeito na Internet – Miguel respondeu.

– Não faço ideia de como estas informações se encaixam no que estamos investigando – Paulo falou. – A visita de Enzo Basile nos dá apenas uma certeza: Alexei Demochev está, ou esteve, metido em algo muito grande.

– Concordo. Descobri algo mais em minha pesquisa na Internet, ontem de madrugada, que se relaciona com o que Enzo nos disse – Miguel falou.

– Você prendeu a minha atenção – Paulo falou, curioso.

– Antes disso: a placa do Honda Civic preto usado por Alexei Demochev para ir à clínica é falsa, ou seja, é um beco sem saída.

– Mais um motivo para prosseguirmos com o FBI, pois pode ser a nossa única fonte de informações sobre este cara – Paulo falou.

– Pesquisei na Internet sobre as atividades da Transcritpase, algo que nos desse um conhecimento básico para entendermos, não só o que a empresa faz, mas também possíveis conflitos com a competição que ela enfrenta. A empresa é mais antiga do que a própria *holding* InMax, tendo sido fundada em 1979, que é o ano em que o senhor Siegfried veio para o Brasil. Na época, chamava-se de Krejci Sistemas Médicos e cresceu, rapidamente, atuando em várias áreas de conhecimento médico, desde a confecção de instrumentos médicos e de laboratório até a fabricação de medicamentos. Em 1993, quando a foi rebatizada de Transcriptase, a sua gama de atuação era muito mais ampla incluindo, principalmente, genética e biologia molecular, não só na medicina, mas também em divisões de veterinária e botânica. A empresa cresceu vertiginosamente com a filosofia de arrematar agressivamente os melhores cérebros de cada área e de trabalhar em meio a um ambiente de sigilo absoluto, em que nenhum projeto é discutido em público, até que o produto tenha sido lançado. Na verdade, não consegui encontrar nenhuma referência a algum produto que a Transcriptase esteja desenvolvendo neste momento.

– E a concorrência? – Paulo perguntou.

– A principal concorrente é a All American Genetics, empresa com perfil semelhante e, como o nome diz, com sede nos Estados Unidos. Ela tem um perfil muito semelhante ao da Transcriptase, incluindo a busca incessante por PhDs e a obsessão com o sigilo de suas atividades. É controlada por uma *holding*, chamada All American Company, também de maneira que lembra a relação de controlador-controlada da InMax com a Transcriptase – Miguel respondeu.

– Esta empresa tem atividades no Brasil?

– Eles inauguraram uma filial em São Paulo há cerca de dois meses, para dar suporte a um centro de pesquisas também recém-aberto, no município de Campinas.

– O senhor Siegfried e a sua Transcriptase devem ter considerado isso uma provocação – Paulo ponderou.

– Com certeza.

– E quem é a figura dominante na All American Company?

– Aí vem o melhor: um homem chamado Michael Rothschild, alemão naturalizado americano – Miguel respondeu.

– O homem que foi com Alexei Demochev para os EUA, segundo Enzo Basile – Paulo falou e completou: – A associação do nosso único suspeito com o principal rival do senhor Siegfried é muito interessante.

– Sem dúvida – Miguel falou. – Pesquisei rapidamente sobre ele.

– E...?

– Trata-se de uma figura polêmica, médico e administrador, é um bilionário excêntrico, obcecado por segurança. A história oficial diz que ele emigrou para os Estados Unidos após o final da Segunda Guerra Mundial. Esteve envolvido em algum escândalo público, foi processado e preso por menos de um ano, em 1979 – Miguel falou.

– E por que esteve preso?

– Não fui adiante, já era quase de manhã... – Miguel respondeu. – E mais uma coisa: é público que ele e o senhor Siegfried são inimigos mortais.

– Certo, já é o bastante. Vamos ver o que o senhor Siegfried tem a dizer sobre isso.

Miguel saiu apressado, já que teria que enfrentar o trânsito da manhã para chegar até a clínica. Paulo decidiu sair para o seu encontro com o senhor Siegfried com folga no horário, pois também sabia que enfrentaria o trânsito para chegar ao seu destino.

O endereço que tinha anotado era da casa do senhor Siegfried e ficava em uma rua sem saída no bairro do Morumbi. Antes de sair, pegou uma cópia do retrato-falado de Alexei Demochev, passou pela mesa de Ismael e pediu-lhe uma fotografia de Salvador Cruz. Ismael entregou-lhe uma fotografia que fora tirada durante a autópsia.

Ao entrar na rua sem saída indicada pelo endereço que tinha, Paulo percebeu que a mansão do senhor Siegfried era o único endereço daquela rua. O portão de entrada ficava no final da via e, ao lado, havia a guarita de segurança. A propriedade era cercada por muros de concreto altos, sobre dos quais um sistema de cerca elétrica havia sido instalado. Em conjunto, a impressão que se tinha da entrada da propriedade remetia diretamente à entrada da Clínica Casa da Montanha, em Cotia. Até os portões de ferro eram semelhantes. A guarita de segurança contava com três homens: um abordou o carro em que Paulo estava, o outro ficou do lado de fora da guarita blindada, enquanto o terceiro nunca saiu de dentro da guarita. Todos os três mostravam ostensivamente que estavam armados. Esse arranjo estratégico, conjuntamente com a maneira como os seguranças se movimentavam e até falavam entre si, deu a certeza a Paulo de que eles tinham treinamento militar.

Após apresentar as suas credenciais, que foram longamente examinadas, o segurança no interior da guarita fez um sinal e os portões se abriram. Paulo seguiu pelo interior da propriedade, através de jardins, que, novamente, lembravam muito o interior da clínica psiquiátrica. A única diferença era que aqui o terreno era plano, sem aquele aclive suave presente na propriedade de Cotia. No final do caminho havia um estacionamento para cerca de dez carros com todos os lugares vagos. Paulo saiu do carro e subiu uma pequena escadaria, no topo da qual uma funcionária com uniforme de governanta o esperava. Próximo a ela, um jardineiro trabalhava em um canteiro de flores. Ele tinha o rosto quase todo coberto por um chapéu de palha, mas era possível ver que era um homem idoso. Paulo deu bom dia aos dois. Ela se apresentou e disse que o senhor Siegfried o esperava. Paulo olhou no relógio: eram 8h57min da manhã.

A empregada o conduziu por um caminho ajardinado que contornava a lateral da imensa casa principal e terminava em uma grande piscina retangular. Do outro lado da piscina havia mesas de jardim, sombreadas por guarda-sóis de tecido branco. O senhor Siegfried estava sentado em uma das mesas, com o seu café da manhã já terminado a sua frente. Ao seu lado, havia uma cadeira sobre a qual repousavam vários jornais de grande circulação internacional. O primeiro da pilha era o *Le Monde*.

O senhor Siegfried indicou a Paulo que ocupasse a cadeira do outro lado da mesa. Não houve aperto de mãos.

– Detetive Westphalen, bom dia. Presumo que devo a sua visita a algum desdobramento do caso – o senhor Siegfried falou.

– De certa forma, sim – Paulo respondeu, sentando-se.

Paulo tirou de sua pasta o retrato-falado do médico russo e o entregou ao senhor Siegfried. Ele examinou o desenho por um instante, com o rosto impassível, exceto por uma elevação quase imperceptível de uma de suas sobrancelhas. Paulo sabia que o rosto não era estranho a ele, seja qual fosse a resposta que viesse à seguir.

– Quem é? É o homem que levou o meu filho?

– Este homem esteve na clínica, na manhã seguinte ao desaparecimento de José Luis, passando-se por policial – Paulo respondeu.

– Nunca o vi antes. O senhor acha que ele levou o meu filho?

– É possível. Por enquanto é o nosso único suspeito – Paulo disse. – Esse sujeito também está envolvido em outro caso que estamos trabalhando. O senhor conhece Salvador Cruz?

Paulo mostrou-lhe a fotografia de Salvador Cruz.

– Lamento, detetive, também não o conheço. Quem é ele?

– Ele tinha uma padaria aqui em São Paulo e foi sequestrado recentemente. A descrição que fez de um de seus raptores também bate com a deste homem – Paulo falou, mostrando novamente o retrato-falado.

– E o senhor acha que existe alguma relação entre os dois casos. Eu não poderia imaginar qual seria, detetive – o senhor Siegfried falou.

— O nome do homem que esteve na clínica é Alexei Demochev, ele é médico e de nacionalidade russa. Este nome lhe diz algo? – Paulo perguntou.

— Nunca ouvi falar dele – o senhor Siegfried falou, levantando-se. – Preciso ir, detetive, vou fazer uma viagem rápida hoje.

— Agradeço pelo seu tempo – Paulo falou, também se levantando.

— Mantenha-me informado. E, senhor Westphalen, encontre o meu filho – o senhor Siegfried pediu.

Paulo viu-se sozinho no ambiente e decidiu partir. Estava com a mente ocupada tentando avaliar as repostas do senhor Siegfried e o seu tom quase evasivo. Percorreu de volta o caminho ajardinado, desceu a escadaria e percebeu que o jardineiro com o chapéu de palha agora varria folhas secas próximo ao seu carro, que continuava sendo o único no estacionamento.

— O senhor trabalha aqui há muito tempo? – Paulo perguntou.

— Sim senhor, desde que a casa foi construída, em 1979 – o jardineiro respondeu, retirando o chapéu. – Meu nome é Januário.

Paulo pôde ver que se tratava de um homem na casa dos sessenta, calvo, com a pele enrugada pelo excesso de sol e que, apesar da idade, tinha a musculatura bem definida, resultado de uma vida de trabalho manual.

— Muito prazer, Januário, meu nome é Paulo. O senhor se importa se eu lhe fizer algumas perguntas?

O jardineiro deu de ombros.

— O senhor se lembra de José Luis, o filho do senhor Siegfried? – Paulo perguntou.

— Sim, senhor, é claro. Era uma criança muito estranha, não falava nada com ninguém. Eu me lembro dele sentado em uma cadeira, à beira da piscina, olhando para o nada, com os olhos vazios, por toda a tarde. Ele não tinha aquela energia que as crianças pequenas normalmente têm – Januário falou. – A dona Gertrudes gostava muito do menino e ficava desconsolada com o seu estado.

— Quem era a dona Gertrudes?

— A babá do menino. Ela trabalhou aqui até ele começar a piorar. Nesta época, eu lembro que ele passava mais tempo internado em clínicas do que em casa.

— E a mãe?

— A dona Elizabeth passava o dia na cama desde que José Luis era bem pequeno. Os empregados diziam que ela estava sempre sob o efeito de comprimidos. Eu acho que nunca a vi sair de casa.

— O senhor ainda tem contato com a dona Gertrudes? – Paulo perguntou.

— Ah, sim. Éramos muito amigos e ainda nos falamos por telefone de vez em quando – o jardineiro respondeu.

— Eu gostaria muito de conversar com ela. O senhor poderia me dar o telefone dela?

Januário pareceu transfixado pela pergunta.

— O senhor é da polícia, não é? – O jardineiro perguntou, desconfiado.

— Eu sou sim, e vou lhe contar um segredo – Paulo disse, aproximando-se do homem mais velho. – José Luis foi sequestrado da clínica em que estava e é o meu trabalho encontrá-lo.

Ele ficou abalado com a revelação.

— E o senhor acha que falar com a dona Gertrudes irá ajudá-lo a trazer o menino de volta? — Januário perguntou.

— É possível que ela ajude, mas eu não posso ter certeza — Paulo respondeu.

— Vou lhe dar o número, porque acho que se é para ajudar o menino, ela faria a mesma coisa — Januário falou.

Paulo agradeceu e anotou o número de um telefone fixo de São Paulo em seu celular.

— Mais uma pergunta: o senhor conhece este homem? — Paulo perguntou, mostrando a fotografia de Salvador Cruz.

— Credo! Este homem está morto, não está? — Januário perguntou, desviando o olhar do rosto pálido e sem vida na fotografia.

— Sim, está, mas preciso que o senhor dê uma boa olhada nele e me diga se já o viu antes, talvez aqui pela casa — Paulo falou.

Januário olhou relutantemente para a fotografia.

— Sim, eu acho que o conheço. Ele está bem mais velho, mas acho que é ele.

— Ele quem? — Paulo perguntou.

— Ele andava sempre por aqui, logo que o senhor Siegfried mudou-se para o Brasil e construiu esta casa. Eles andavam sempre juntos, mas foi por apenas cerca de um ano. Depois ele desapareceu e eu nunca mais o vi — Januário falou.

— O senhor lembra o nome dele? — Paulo perguntou.

— Nem pensar. Acho que falei com ele somente uma ou duas vezes e, mesmo assim, apenas brevemente. Ele falava português com um sotaque carregado, os outros empregados diziam que ele era cubano — Januário respondeu.

Paulo agradeceu novamente, despediu-se e entrou no carro. Dentro de carro, relutou em dar a partida e, por fim, tirou a mão da ignição. Sentiu uma necessidade de encontrar esta dona Gertrudes. Pegou o celular e ligou para o número que tinha anotado. Uma senhora atendeu e identificou-se como Gertrudes. Paulo apresentou-se e pediu para conversar pessoalmente com ela. Ela resistiu até que Paulo citou o nome de José Luis Maximiliano.

Eram 9h45min e o sol já subira o suficiente para tornar o frio do início da manhã mais ameno. O céu permanecia sem nuvens. Paulo combinou de encontrar a babá imediatamente, em sua casa, em Santo André. Sabia que, pela distância e em função do trânsito, teria dificuldades para ir e voltar a tempo para o seu encontro com o chefe. Decidiu ligar para o chefe e adiar o encontro para uma hora da tarde. Ele não gostou, mas concordou. Ligou para Miguel, contou do adiamento do encontro e explicou brevemente para onde estava indo.

Gertrudes morava em uma casa simples, mas bem conservada, em uma rua calma em Santo André. Paulo foi atendido pela própria Gertrudes, que era uma senhora obesa, morena e que devia estar com setenta anos. Ela deixou Paulo sentado à mesa de jantar, foi até a cozinha e retornou com café recém-passado e bolo de laranja. Paulo agradeceu genuinamente.

– E então detetive, em que posso ajudá-lo? – Gertrudes perguntou, socorrendo Paulo, que lutava com um pedaço exagerado de bolo.

– Januário, o jardineiro do senhor Siegfried Maximiliano, contou-me que a senhora era a babá de José Luis – Paulo falou, por fim.

– É verdade. Pobre criança, eu sempre tive um carinho especial por ele. Sempre acreditei que, por trás daquela doença, havia uma criança normal – ela falou. – Boa parte do problema era que o ambiente familiar não o ajudava nem um pouco.

— Como assim? — Paulo perguntou.

— A mãe, dona Elizabeth, era quase tão doente quanto o filho. Às vezes tinha crises de ansiedade e outras vezes ficava muito deprimida e não falava com ninguém. Havia dias em que ela simplesmente passava na cama, sob o efeito de sedativos — Gertrudes respondeu.

— E o senhor Siegfried? — Paulo perguntou.

— O senhor Siegfried, por sua vez, era um homem totalmente insensível. Se tinha preocupações com a esposa ou com o filho, ele nunca demonstrou — Gertrudes respondeu.

— E com o que ele parecia preocupar-se, naquela época? — Paulo perguntou.

— O senhor Siegfried tinha somente preocupações com os seus negócios e com segurança — Gertrudes respondeu.

— Como era a preocupação com a segurança? — Paulo perguntou.

— Era permanente e levada aos mínimos detalhes. O passado de todos os funcionários que trabalhavam na casa, por exemplo, era extensamente pesquisado. Havia guardas armados por toda parte, sendo que alguns não falavam português e não se misturavam com os outros empregados — Gertrudes respondeu.

Paulo pensou por um instante e disse:

— Fale um pouco sobre dona Elizabeth.

— Logo que eles vieram para o Brasil, ela ainda não estava em um estado tão ruim e não passava o tempo todo na cama. Ela era muito bonita e fazia o estilo mulherão, embora fosse, ao mesmo tempo, uma pessoa simples. As esposas-troféu que os amigos do senhor Siegfried traziam para os jantares na propriedade, por mais bonitas que fossem, não passavam de meninas desajeitadas perto da dona Elizabeth.

Ela tinha um porte de rainha e acho que devia ser quase dez centímetros mais alta do que o senhor Siegfried – Gertrudes respondeu.

– Vocês eram amigas? – Paulo perguntou.

– Ela era muito fechada e o senhor sabe, era a minha patroa, então sempre guardava certa distância. Nós conversávamos principalmente sobre o bebê e, sim, pelo menos da minha parte, eu a considerava como uma amiga – Gertrudes respondeu.

– Eles se casaram no Brasil? – Paulo perguntou.

– Não. Eles se conheceram e casaram nos Estados Unidos, antes de o senhor Siegfried vir para o Brasil – Gertrudes respondeu.

– E porque ela estava nos Estados Unidos? – Paulo perguntou.

– Eu sei muito pouco sobre ela. Só que ela vem de uma família relativamente humilde e que, talvez até em função disso, no início dos anos setenta, foi tentar a sorte nos Estados Unidos – Gertrudes respondeu.

– Ela tinha família no Brasil?

– Sim, os pais dela moravam no Rio de Janeiro. Eles já tinham certa idade naquela época, então não sei se ainda são vivos – ela respondeu e prosseguiu: – Eles tentaram buscar tratamento para ela de todas as formas possíveis, até com grupos de ajuda para pacientes psiquiátricos, mas não conseguiram.

– E por que não?

– O senhor Siegfried não deixava ela ser examinada por médicos que não fossem indicados por ele.

– A senhora se lembra dos pais dela?

— Lembro sim, eles sempre foram muito simpáticos comigo e, além disso, eu sou muito boa para guardar nomes. Eles se chamavam, José Henrique e Marfisa Marcon – ela respondeu. – Marcon era o sobrenome de solteira da dona Elizabeth.

Paulo refletiu por um momento, admirando a sua xícara vazia de café e decidiu seguir adiante.

— Quem frequentava a casa naquela época?

— Somente os militares. Deve lembrar que isto foi entre 1979 e 1980, senhor detetive – Gertrudes respondeu.

— Que tipo de militares?

— Só os importantes. Pelo menos uma vez por semana um grupo de generais jantava lá. Nessas ocasiões a propriedade e a rua ficavam cheias de militares armados, era um pesadelo entrar ou sair do trabalho – ela falou. – O próprio general Figueiredo esteve lá, em algumas ocasiões.

— E quanto ao menino?

— Nessa época ele era um bebê, tinha um ano de idade em 1979.

— Quando a senhora notou que ele era diferente?

— Em seguida, com três ou quatro anos, por exemplo, ele já raramente falava e ficava parado onde quer que eventualmente o tivessem deixado – Gertrudes respondeu.

— Quando a senhora deixou o emprego?

— Foi em 1989. José Luis tinha onze anos de idade e já passava mais tempo internado em clínicas do que em casa. Acho que o senhor Siegfried percebeu que eu não tinha mais serventia e me demitiu.

— Uma última pergunta: a senhora lembra-se deste homem circulando pela casa, como empregado? – Paulo perguntou, mostrando a foto de Salvador Cruz.

Ela examinou rapidamente a fotografia e disse:

– Credo. Lembro sim, sujeito asqueroso. Diziam que ele era cubano. Eu achava que ele era algum tipo de capanga do senhor Siegfried, se é que gente rica usa esta palavra. Ele não falava muito com os outros empregados, a não ser para tentar levar as moças para a cama. Ele está morto, não está? Foi assassinado, eu aposto.

Paulo assentiu.

– Não me surpreende que uma pessoa assim tenha encontrado este tipo de fim – Gertrudes concluiu.

Paulo agradeceu a dona Gertrudes pelo seu tempo e saiu. Eram 11h50min e ele teria de lutar contra o trânsito para chegar a tempo em sua reunião no Palácio da Polícia.

Quando Paulo entrou no gabinete do Chefe da Polícia já se passavam dez minutos da uma hora da tarde. O gabinete ficava no último andar do prédio do Palácio da Polícia, virado para os fundos e tinha uma vista panorâmica da avenida que se estendia abaixo.

Luiz Augusto Brandão era não só o chefe direto de Paulo e de Miguel, mas também a maior autoridade policial da cidade, excluindo-se apenas os secretários municipal e estadual de segurança. Ninguém sabia ao certo a idade do chefe. Paulo acreditava que ele era dez anos mais velho que ele próprio, o que o deixaria próximo dos sessenta anos de idade. O cargo que exercia exigia grande dose de habilidade política, talento que Paulo não tinha e não desejava ter. O homem era frequentemente forçado a contornar situações de grande repercussão pública concatenando, simultaneamente, interesses pessoais conflitantes de gente de dentro e de fora da força policial. Era o tipo de tarefa que Paulo não gostaria de ter diante de si. O chefe, entretanto, adorava a função e as performances que eram exigidas dele.

Brandão parecia mais alto do que realmente era, dentro de sua compleição reforçada. Tinha cabelos escuros organizados em um topete e uma barba espessa, mantida sempre bem aparada, além de olhos castanhos que eram naturalmente inquisitivos. Este último detalhe lembrava que o homem já fora um detetive e era capaz de raciocinar como um policial. Paulo gostava dele, pois achava que era uma união bem-sucedida entre o político e o policial que já estivera nas ruas. Em mais de uma ocasião, Luiz Augusto Brandão já havia tomado partido ao lado de Paulo em casos difíceis.

Quando Paulo sentou-se ao lado de seu parceiro, ambos de frente para a mesa do chefe, viu que Miguel já descrevera as circunstâncias sobre o desaparecimento de José Luis Maximiliano.

– Em certo ponto, verificamos que os retratos falados feitos pelo psiquiatra da clínica e por Salvador Cruz eram descrições da mesma pessoa – Miguel falou.

– Vocês têm certeza? Retratos falados são o que são: apenas desenhos. É um vínculo, no mínimo, tênue – Brandão falou.

– Temos certeza de que se trata da mesma pessoa porque, como o suspeito é estrangeiro, ele possui traços bastante incomuns e, portanto, chamativos para nós. E isso sem falar na cor da pele e dos olhos. Concordamos, porém, que é uma ligação fraca, na melhor das hipóteses – Paulo falou, entrando na conversa.

– E quem é esse sujeito? – Brandão perguntou.

– Miguel tem um amigo no FBI, chamado Richard, que ele conheceu em um curso em Miami, há alguns anos – Paulo falou. – Richard passou o retrato-falado do suspeito em um *software* de reconhecimento facial, que gerou um nome.

Brandão fez um sinal com as mãos estimulando Paulo a continuar.

– O nome dele é Alexei Demochev, nacionalidade russa, médico altamente treinado e com PhD em neurociências – Paulo falou e prosseguiu: – Temos também outra fonte de informações a respeito deste sujeito. Ontem a noite recebemos a visita de um agente da Interpol chamado Enzo Basile, que nos contou algumas coisas sobre Demochev.

– Interpol! Vocês estão encrencados. O que ele queria em troca? – Brandão falou, sacudindo negativamente a cabeça.

– Ele nos contou algumas coisas sobre o passado de Demochev e, em troca, pediu que nós o mantivéssemos informado sobre o caso – Paulo falou.

– O que é que ele disse? – Brandão perguntou.

– Ele contou uma história sobre Demochev ter sido trazido da União Soviética para os EUA através de uma operação da inteligência americana. Além disso, chegou a dizer que Demochev é procurado por crimes contra a humanidade – Paulo respondeu.

– Não gosto disto. O que é que a polícia federal tem a dizer sobre este cara? – Brandão falou.

– Nada. Ninguém com este nome entrou no país – Miguel respondeu.

– A ficha de Alexei Demochev é, em sua maior parte, sigilosa, apesar de não conter menção a nenhuma atividade criminosa. Estamos tentando obter um pouco mais de seu conteúdo com Richard – Miguel falou.

– Sim, fiquei sabendo do estratagema de vocês, incluindo o ativista islâmico no pedido – Brandão falou, enquanto Paulo e Miguel olhavam um para o outro. – Vocês sabem que isso volta direto no meu pescoço e não no de vocês.

– Sabemos que é arriscado, mas precisamos saber mais sobre esse sujeito. Neste momento, com o pouco que sabemos, não podemos nem começar a querer entender o interesse que Demochev tem em sequestrar o filho do senhor Siegfried e outras doze pessoas com perfis tão diferentes entre si. Na ausência de outras testemunhas, conhecer melhor este cara é a única maneira de entender o que ele quer – Paulo falou.

– Tem de haver uma conexão entre os outros sequestrados, algo que os ligue – Brandão falou.

– Já repassamos isso *ad nauseaum* e não encontramos nada – Miguel falou.

– Fale-me rapidamente sobre os outros sequestrados, quem são? – Brandão perguntou.

– Temos todos os tipos, para todos os gostos: um padeiro de meia idade, levado daqui de perto, uma advogada rica de 32 anos, sequestrada na Vila Nova Conceição, uma auxiliar de cozinha de 53 anos, que mora no Jardim Ângela, um contador com 45 anos, uma estudante de medicina com 21 anos... e assim por diante – Miguel falou, lendo as suas anotações. – É um pesadelo, pois essas pessoas não poderiam ser mais diferentes entre si, sob todos os pontos de vista.

– Entendo... – Brandão falou, resignado.

– Temos uma teoria sobre o caso e ela envolve os negócios do senhor Siegfried – Paulo falou. – A essa altura é especulativa e não contempla, pelo menos diretamente, as outras doze abduções.

– Estou ouvindo – Brandão falou.

– Descobrimos que uma das principais empresas da *holding* administrada pelo senhor Siegfried chama-se Transcriptase. A empresa atua na área de pesquisa biomédica, sempre no mais alto grau de sigilo de suas atividades. Miguel descobriu que a sua maior rival, a All American Genetics, que por sua vez é controlada por uma *holding* chamada All American Company, acaba de instalar-se no Brasil, operando um grande centro de pesquisas em Campinas. Esta empresa é liderada por um homem chamado Michael Rothschild. Ainda segundo Enzo Basile, o agente da Interpol, Michael Rothschild era, na verdade, russo, e foi trazido na operação da inteligência americana que também levou Demochev aos EUA – Paulo falou.

– Significa que este Michael Rothschild e Alexei Demochev se conhecem – Brandão falou.

– Exatamente – Paulo falou e prosseguiu: – Além disso, falei com um PhD, que se demitiu da Transcriptase. Seu nome é Roger Lantz, ele é norte-americano e não quis falar por estar preso a um acordo de confidencialidade. Ele deu a entender, porém, que o motivo de seu desligamento seriam experimentos, cuja natureza fere o código de ética médica. O médico prometeu enviar, anonimamente, documentos sobre o assunto.

– Vocês sabem que esses documentos, por mais interessantes que possam ser, não poderão ser usados no inquérito – Brandão falou.

– Sabemos disso, mas achamos que talvez estas informações possam ajudar a nos dar uma direção – Miguel falou.

– Com o que já sabemos, poderíamos especular que Alexei Demochev trabalha para esta empresa rival e que as suas atividades envolvem algum tipo heterodoxo de pesquisa com seres humanos – Paulo falou.

– E o seu envolvimento no sequestro do filho do senhor Siegfried? – Brandão perguntou.

– Não sabemos. Talvez seja uma maneira de intimidá-lo – Miguel falou.

— Existem outras duas ligações entre o caso das abduções e o sequestro de José Luis – Paulo falou. – Encontramos, através do registro das ligações do celular de Salvador Cruz, ligações feitas e recebidas para o número do celular particular do senhor Siegfried. Além disso, falei com o jardineiro do senhor Siegfried e com a ex-babá de José Luis e ambos reconheceram Salvador Cruz como um funcionário antigo do senhor Siegfried, de presumível nacionalidade cubana. Interessantemente, ambos o descrevem como um homem asqueroso, em contraponto com a descrição da viúva.

— E o senhor Siegfried, reconheceu Salvador Cruz ou o médico russo? – Brandão perguntou.

— Ele nega conhecer ambos – Paulo falou.

— E ele pareceu autêntico? Você chegou a pressioná-lo, pelo menos um pouco? – Brandão perguntou.

— Embora a sua atitude e seu tom de voz durante a conversa não tenham chegado a ser hostis, ele pareceu deixar claro que não estava contente em ser inquirido daquela forma. Acho que não toleraria novas perguntas ou intrusões em sua vida privada ou profissional, por isso não o pressionei. Apertar um homem como o senhor Siegfried é perigoso e, provavelmente, só poderá ser feito em uma única ocasião, antes que ele se feche. Por isso, acho que devemos deixar o nosso único tiro para quando estivermos munidos com mais informações. Cheguei a pensar, por um instante, enquanto ele examinava a foto de Alexei Demochev, que ele o conhecia. Mas não posso ter certeza, foi só uma impressão momentânea – Paulo falou.

— O senhor Siegfried mente quando diz que não conhece Salvador Cruz. Que razões ele teria para esconder essa ligação? – Miguel falou.

— Dona Gertrudes, a babá, descreveu Salvador Cruz possivelmente como "capanga" do senhor Siegfried. É possível que ele tenha realizado atividades fora da lei em seu nome – Paulo falou.

– Se Salvador Cruz esteve envolvido em atividades criminosas, isso poderia ajudar a explicar a sua conta bancária polpuda – Miguel falou.

– E qual é o segundo ponto em comum entre os dois casos? – Brandão perguntou.

– Encontramos documentos muito bem escondidos na casa de Salvador Cruz. Eram fotocópias antigas e, no pouco texto que não foi apagado pelo tempo, identificamos uma menção a "Dr. A. Demochev" – Paulo respondeu.

– Alexei Demochev – Brandão completou.

Paulo assentiu.

– Vocês estão mesmo encrencados. É muito difícil imaginar uma ligação entre um padeiro em São Paulo e um médico russo metido com a CIA e com um PhD em neurociências – Brandão falou.

Paulo e Miguel apenas deram de ombros.

– Falem sobre o assassinato de Salvador Cruz – Brandão pediu.

Paulo descreveu tudo o que sabiam sobre o ocorrido, incluindo a hora estimada da morte, o método utilizado para envenená-lo e o relato do morador de rua de que Salvador Cruz tinha entrado em um carro, no início da noite e retornado mais tarde para a padaria.

– Vocês acham que o médico russo poderia estar envolvido na morte de Salvador Cruz? –Brandão perguntou.

– É possível, pois ao relembrar detalhes sobre o seu sequestro, Salvador Cruz passou a poder identificar pelo menos um de seus raptores, aquele que não usava máscara e era justamente Alexei Demochev – Miguel falou. – Além disso, a menção a Demochev nos documentos encontrados na casa de Salvador Cruz poderiam indicar que os dois se conheciam.

– E ele lembrou algo mais a respeito do seu sequestro? – Brandão perguntou.

– Sim, ele nos deu a placa de uma van, que conseguimos localizar em um depósito de veículos. Ela foi examinada pela perícia e está totalmente limpa, exceto por um objeto que encontramos em seu interior – Miguel falou.

– E o que é? – Brandão perguntou.

– Não sabemos. O pessoal da perícia acha que poderia ser um dispositivo eletrônico, mas de um tipo que nenhum deles viu antes. O objeto é simplesmente um pequeno cubo de metal negro, com cerca de três centímetros de arestas – Miguel falou.

– Peçam para alguém da Universidade de São Paulo - USP - examinar, caso o pessoal da perícia não consiga determinar o que é – Brandão falou.

– Combinado – Miguel falou.

– Algo mais sobre a van? – Brandão perguntou.

– Pelo número do chassi conseguimos identificar a pessoa jurídica em nome da qual ela está registrada. É uma empresa chamada Companhia Paulista de Serviços Gerais – Paulo falou.

– Endereço? –Brandão perguntou.

– O endereço listado como sede da empresa é falso. A rua até existe, mas a numeração, não – Paulo completou.

– Como foi a visita à clínica? – Paulo perguntou para Miguel, mudando de assunto.

– Revirei o quarto de José Luis e não encontrei nada – Miguel falou.

Houve um silêncio, enquanto as três mentes trabalhavam. Por fim, Brandão falou:

— A teoria do sequestro do rapaz como um instrumento de intimidação envolvendo a empresa rival é interessante, embora especulativa a esta altura. Parece haver uma ligação entre a empresa rival do senhor Siegfried, esta All American Company, através do seu líder, Michael Rothschild com o nosso único suspeito, Alexei Demochev. O que vocês precisam agora, é estabelecer uma ligação que una o médico russo e a All American Company com o senhor Siegfried. Se vocês puderem fazer isso, a teoria passa a fazer sentido – Brandão falou e prosseguiu: – Acho que vocês devem incluir no pedido de informações ao FBI uma foto de Salvador Cruz, explicando que o sujeito é de provável nacionalidade cubana.

— Boa ideia – Miguel falou, tomando nota.

— Como você descreveria a pressão política, vinda de cima, referente ao andamento deste caso? – Paulo perguntou ao chefe.

— É estranho. Excluindo-se a pressão inicial, não houve mais nada. O meu telefone esteve mudo nas últimas 48 horas. Em casos como esse, eu esperaria que o secretário de segurança estivesse ligando de meia em meia hora – Brandão respondeu.

Mais um momento de silêncio enquanto os três ponderavam o possível significado dessa última informação. Sem chegar a conclusão nenhuma, Paulo resolveu quebrar o silêncio novamente, desta vez mudando o rumo da conversa.

— Estive pensando no que falamos antes, sobre como as vítimas das abduções são diferentes entre si. Talvez isso seja proposital e elas foram escolhidas porque são diferentes.

— Não entendo – Miguel falou.

— Marta, a sua esposa, é médica epidemiologista, não é? – Paulo perguntou a Brandão.

— Sim, ela é – ele respondeu.

— Então ela trabalha com pesquisas médicas? – Paulo perguntou.

— Sim. O trabalho dela inclui estudar a metodologia científica usada nas pesquisas médicas para determinar se são apropriadas para investigar aquela questão específica – Brandão respondeu.

— Eu tenho uma pergunta para ela. Você pode ligar para Marta e colocá-la no viva-voz? – Paulo perguntou.

Luiz Augusto Brandão deu de ombros e puxou o celular do bolso. Discou o número da esposa, colocou o aparelho em viva-voz e o repousou sobre a mesa. Ela respondeu ao primeiro toque.

— Alô? – Marta disse.

— Olá, querida. Preciso de uma consultoria técnica rápida. Estou aqui com Paulo e o Miguel, em viva-voz – Brandão falou.

— Olá Miguel, olá Paulo! Há quanto tempo? – Ela disse.

— Oi, Marta. Você ainda não largou deste rabugento? Você sabe que o tempo vai passando e eles vão piorando – Paulo brincou.

— Chama-se *karma*, meu querido – ela respondeu rindo. – Como vão a Margarida e os filhotes? E aquele nosso pequeno gênio?

— Vão todos bem. E o nosso pequeno gênio não é mais tão pequeno. Ele vai bem, agora está em uma fase tranquila, pois o tal do cálculo integral está drenando toda a sua energia – Paulo respondeu.

— Nossa, nem imagino como deve ser. E aí, qual é a pergunta? – Marta falou.

— Temos um grupo de doze pessoas e achamos que elas podem fazer parte de algum tipo de experimento médico – Paulo falou.

— Doze pessoas? É um número muito pequeno de pacientes para um estudo científico. Os estudos que definem as condutas médicas, chamados de ensaios clínicos, às vezes, chegam a envolver milhares de pacientes – Marta respondeu.

— Vou ler a idade, o sexo e a ocupação dos doze indivíduos e gostaria que você nos dissesse se eles formam algum padrão, dentro de uma ótica científica – Paulo disse e começou a falar, pausadamente, sobre as doze vítimas.

Marta pensou por um instante e disse:

— O que chama a atenção nessa seleção de pessoas é a heterogeneidade dos indivíduos. Apesar de o grupo ser pequeno, todas as faixas etárias da vida adulta e todas as classes sociais, além de, é claro, ambos os sexos estão representados. Eu diria que, se fosse mesmo um estudo científico, tratar-se-ia de um projeto-piloto, para testar algo que seria, posteriormente, experimentado em um número maior de pacientes

— Entendo. Vamos pensar no assunto. Você ajudou muito – Paulo falou.

Despediram-se, Brandão desligou o telefone e perguntou:

— Isso ajudou?

— Acredito que sim. Estou convencido de que estamos diante de algum experimento médico e que as abduções que estamos investigando são, como Marta falou, um projeto-piloto para algo que está em fase inicial de desenvolvimento. É possível que um experimento em maior escala venha depois. Não se esqueçam do detalhe de que as vítimas, embora não apresentassem sinais de violência, tinham os cabelos raspados, o que sugere que algo foi realmente feito com elas – Paulo respondeu.

— Eu não sei se entendo: se você vai sequestrar pessoas para algum tipo de experimento ilegal, por que fazer isso em uma cidade cheia de gente como São Paulo? – Miguel perguntou.

— E por que não? Em comunidades rurais ou mesmo em cidades pequenas, todos se conhecem. Se um veículo estranho já chama a atenção, imagine então uma pessoa com as feições incomuns como Demochev, falando em uma língua estrangeira. Em uma cidade como São Paulo, alguém some por algumas horas, durante a noite, e ninguém percebe na hora. Quando fomos avisados, por exemplo, a maior parte dos sequestrados já tinha sido liberada – Paulo falou.

— Eu concordo, e não preciso dizer que o nível de sigilo exigido por esses dois casos aumentou ainda mais. Nada do que foi discutido aqui deve ser comentado com absolutamente ninguém. Essa orientação vale até mesmo para Ismael e a sua equipe: compartilhem somente as informações que vocês acharem que têm relação direta com a morte de Salvador Cruz – Brandão falou.

— Seremos discretos – Paulo falou.

— Fico me imaginando em uma entrevista coletiva, dando explicações sobre um médico russo que sequestra pessoas em plena São Paulo para conduzir experiências misteriosas. Credo! Seria um pesadelo – Brandão falou.

— Acho que não chegaremos a tanto – Paulo falou, seguindo Miguel que já estava em pé indo em direção à porta.

— Tem mais um detalhe do início do caso que não me sai da cabeça – Brandão falou quase para as costas de Paulo e Miguel.

— E o que é? – Paulo perguntou, virando-se para o chefe.

— Na manhã da terça-feira, quando o secretário de segurança me ligou passando o caso, ele foi categórico ao dizer que o senhor Siegfried tinha solicitado que as investigações fossem conduzidas pelos detetives Paulo Westphalen e Miguel D'Andrea. Ele conhecia vocês?

— De forma alguma. Nunca nos encontramos e tenho certeza de que isso vale também para Miguel – Paulo falou olhando para Miguel, que assentiu, perplexo.

Houve um momento de silêncio, e então Miguel perguntou:

– E o que é que isso significa?

– Com essa nova informação eu passo a ter certeza de que o senhor Siegfried está nos manipulando para atingir algum objetivo de seu interesse. Resta saber o que ele quer – Paulo falou.

Paulo e Miguel resolveram almoçar rapidamente, por perto, e depois decidir qual seria o próximo passo. Antes, porém, Miguel preparou e enviou o e-mail para Richard, incluindo um pedido de solicitação de informações, além de fotografias de Salvador Cruz. Na saída encontraram Ismael e aproveitaram para dizer a ele para não perder tempo procurando informações sobre Salvador Cruz no consulado argentino, pois eles agora acreditavam que ele era cubano. Ismael ficou satisfeito, porque já haviam dado um retorno do consulado dizendo que, como Salvador Cruz era um nome bastante comum, seria impossível obter algo sobre ele, a não ser que fossem fornecidas outras informações que tornassem a busca mais específica.

***

Quando Paulo e Miguel retornaram ao Palácio da Polícia já se passavam quinze minutos das quatro horas. Ao aproximar-se de sua mesa Paulo viu um bilhete colado na tela do seu computador. Era a letra de um colega, que atendera o seu telefone e deixara o recado anotado. O bilhete dizia que às três horas e trinta minutos, uma pessoa que se identificou como dra. Ana Maria, do Instituto Psiquiátrico Municipal, havia ligado e gostaria de falar com ele a respeito de uma de suas pacientes. Paulo discou o número anotado e passou o bilhete para Miguel, que fez um olhar de perplexidade, semelhante ao que o próprio Paulo tinha, já que nenhum dos dois conhecia ninguém naquele lugar e não imaginavam do que poderia tratar-se.

Ao telefone, uma secretária levou cerca de cinco minutos para localizar uma médica chamada Ana Maria. Quando finalmente foi encontrada, Paulo identificou-se e disse que estava retornando a ligação. Ela se apresentou como psiquiatra e disse que havia ligado, pois tinha uma paciente nova, com um quadro grave e que, em cerca de sete dias, tinha dito pouca coisa que fizesse sentido, exceto pelas palavras: "Detetive Paulo Westphalen". Perguntada sobre a condição da paciente, a dra. Ana Maria disse apenas que a mesma encontrava-se em um quadro de profunda catatonia, que instalara-se progressivamente nos últimos dias. Com esta última passagem, a atenção de Paulo foi inteiramente conquistada e ele, já se levantando, pediu para conversar imediatamente com a médica. Ela concordou e explicou como ele poderia encontrá-la no Instituto Psiquiátrico Municipal.

O Instituto Psiquiátrico Municipal era um imenso prédio antigo e mal conservado, com uma fachada sombria de concreto, escurecida com anos de exposição à sujeira e à poluição da cidade. Tinha quatro andares, todos com janelas pequenas e gradeadas, que davam a impressão de se tratar muito mais de uma penitenciária que de um hospital. O interior do prédio não transmitia uma impressão diferente: havia longos corredores mal iluminados, calçados com um piso laminado escuro que estava em um estado de degradação tão avançado, que Paulo calculou que o mesmo devia ter, no mínimo, a mesma idade que ele próprio. A pintura das paredes era branca e tinha um aspecto de ser um pouco menos antiga, embora existissem pedaços grandes de reboco faltando junto aos marcos das portas, o que também não ajudava na impressão geral do lugar. Somando-se isso à quase completa ausência de janelas, o resultado era o de um ambiente profundamente lúgubre e sombrio. Após peregrinar por quatro postos de enfermagem, eles conseguiram localizar a enfermaria em que a dra. Ana Maria atendia, no segundo andar.

A dra. Ana Maria era uma mulher baixa, obesa e que havia, certamente, ultrapassado a casa dos quarenta. Tinha cabelos longos escuros, presos em um rabo-de-cavalo, ostentava profundas olheiras e tinha uma face levemente hirsuta. No geral, passava uma ideia de exaustão, como a de quem está trabalhando em um ritmo bastante além do que o seu corpo pode suportar.

– Boa tarde e obrigado por terem vindo – ela falou.

Paulo identificou-se e apresentou Miguel.

– Estou intrigado com a menção do meu nome pela paciente – Paulo falou, enquanto a doutora os encaminhava para uma sala de repouso médico que estava vazia.

– O nome dela é Teresa Aparecida, 53 anos de idade, auxiliar de cozinha e moradora do Jardim Ângela – ela falou, sentando-se pesadamente em um sofá.

Paulo e Miguel acomodaram-se em cadeiras próximas à médica e entreolharam-se, já que conheciam a paciente. Teresa Aparecida era uma das doze vítimas do caso das abduções. Ela tinha sido sequestrada por volta das três horas da manhã, em um ponto de ônibus no centro da cidade, logo após terminar o seu turno de trabalho em um restaurante próximo em que trabalhava. Ela foi encontrada em um estado de profunda desorientação, perambulando nas imediações da avenida Brasil, por volta das seis horas da mesma manhã, portanto, apenas cerca de três horas após o seu rapto. Paulo a havia entrevistado mais tarde naquela manhã e ela já estava lúcida, embora não se lembrasse de absolutamente nada a respeito do sequestro.

– Já a conhecemos – Paulo falou e produziu um relato resumido da abdução de Teresa Aparecida, omitindo o fato de que existiam outras onze vítimas. Resistiu à tentação de contar a história em detalhes para a psiquiatra, para ouvir a sua opinião profissional sobre o assunto.

– Puxa, que história estranha. Por que vocês acham que ela foi levada?

— Não temos ideia — Paulo respondeu

— Reparei que ela teve os cabelos raspados recentemente — a médica falou.

— Sim, isso ocorreu durante o seu sequestro — Paulo falou.

— Em sua opinião profissional, doutora, você acha que poderia haver alguma relação entre o sequestro e o quadro clínico atual de Teresa Aparecida? — Miguel perguntou.

— Em casos como esse, o que podemos esperar, do ponto de vista psiquiátrico, é uma reação de estresse pós-traumático, que é uma resposta da mente a algum trauma, físico ou emocional. O quadro clínico da paciente, entretanto, é muito mais grave — a médica respondeu.

— Como assim? — Miguel perguntou.

— Segundo o relato do marido, há cerca de uma semana, ela iniciou com um quadro de desorientação e fala desconexa. A situação agravou-se rapidamente e, já no dia seguinte, a paciente não falava mais nada que fizesse sentido, nem mesmo para o marido. Ela foi trazida para cá e quando eu a vi pela primeira vez, há cinco dias, estava em franco surto psicótico, que incluía fala incompreensível, delírios e alucinações. O quadro continuou piorando e, cerca de 48 horas atrás, Teresa simplesmente entrou, de forma repentina, em um estado de catatonia completa. Ela passou a não mais se comunicar com o mundo exterior, seja através de palavras, seja com qualquer tipo de linguagem corporal. Quadros assim são vistos em casos graves de esquizofrenia do tipo catatônica, mas, geralmente, os pacientes atingem esse grau de comprometimento após anos de deterioração. Eu nunca tinha visto ou ouvido falar de um caso assim. Por essa razão, quando ela balbuciou o nome do detetive Paulo, eu liguei imediatamente para a polícia e pedi que o localizassem.

— Podemos vê-la? — Paulo perguntou.

— Não creio que seja uma boa ideia, pois o caso dela é grave e, enquanto eu não compreender melhor o que há com ela, não posso correr o risco de que algo a perturbe ainda mais — ela respondeu.

— A senhora imaginaria algo que os sequestradores pudessem ter feito, talvez alguma droga ou medicamento, que pudesse ter relação com o quadro atual dela? — Paulo perguntou.

— Nem imagino. Não seria concebível que uma droga ou medicamento produzisse esse efeito, pois após algum tempo e sem a administração de uma nova dose, o organismo dela eliminaria por completo o princípio ativo desse suposto medicamento — ela respondeu.

— Entendo — Paulo falou.

— Como eram essas alucinações e os delírios que ela apresentava no começo do quadro? — Miguel perguntou.

— Eram bastante bizarras, havendo poucos elementos lógicos até mesmo para uma tentativa grosseira de interpretação. Havia apenas um elemento recorrente: a descrição de um elefante roxo.

— E o que isso pode significar? — Miguel perguntou.

— Provavelmente nada. É apenas mais uma peça solta em uma mente que simplesmente parou de funcionar normalmente.

— E antes do início dos sintomas, temos informação de algo fora do comum? — Paulo perguntou.

— Nada de importante. O marido apenas relatou que, um dia antes do início dos sintomas, ela foi a um caixa eletrônico e sacou R$100,00, um valor muito elevado para o orçamento familiar deles. Essa quantia incluía, inclusive, as economias dela, que estavam na caderneta de poupança.

— E o que ela fez com o dinheiro?

— Ainda segundo o marido, ela foi ao mercado e comprou cerca de vinte caixas de um cereal matinal. Acredito que isso já fazia parte de uma fase inicial do quadro que viria a instalar-se algumas horas mais tarde — a médica falou.

Paulo pensou por um momento e disse:

— Apreciaríamos se a senhora nos mantivesse informados sobre o estado dela.

— Certamente. Eu também tenho interesse especial no caso dela e não só como sua médica, pois sou também responsável pelo Comitê de Ética Médica do Conselho Regional de Medicina. Se no decorrer de suas investigações, algo indicar que ela possa ter sido submetida a algum tipo de intervenção médica ilegal, tenho interesse direto em saber — ela falou.

— Se for o caso, a procuraremos imediatamente — Paulo falou.

Miguel já estava em pé, indo em direção à porta, quando Paulo falou:

— De que marca era o cereal que ela comprou?

A doutora titubeou por um instante, avaliando que tipo de pergunta era aquela. Por fim, disse:

— Era aquele cereal novo que estão anunciando por toda parte, acho que se chama DeliCrunch, ou algo assim. Tem um... — ela fez uma pausa enquanto ponderava a súbita associação. — Tem um elefante roxo na embalagem que, aparentemente, virou figura recorrente nos delírios posteriores da paciente. O senhor é rápido, detetive. Eu mesma não tinha feito essa associação.

— Apenas mais uma pergunta e a deixaremos em paz: a senhora já ouviu falar de uma clínica psiquiátrica de alto padrão no interior do município de Cotia? — Paulo perguntou.

— Cotia? Nunca ouvi falar e não creio que eles tenham clínicas com este perfil por lá — ela respondeu.

– Obrigado, doutora. Ficaremos em contato – Paulo falou e despediram-se.

Ao saírem da sala de repouso médico, Paulo e Miguel percorreram o longo corredor da enfermaria em direção ao posto de enfermagem que ficava na outra extremidade do corredor, de frente para os elevadores.

– Que história é essa com o cereal? De onde você tira essas coisas? – Miguel perguntou.

– Meu filho, Antônio, estava falando disso em uma manhã destas. Ele assistia à propaganda deste cereal e, ao seu lado, tinha uma folha de papel forrada com equações matemáticas. Ele fez algum comentário a respeito de ter descoberto um padrão matemático envolvendo as propagandas deste cereal. Confesso que não prestei muita atenção, até porque, quando ele começa a falar "matematiquês", pouca gente entende o que ele diz – Paulo falou.

– E será que isso tem relação com caso? – Miguel perguntou.

– Provavelmente não. Como a médica disse é apenas... – Paulo parou de falar, pois uma cena capturou a atenção de ambos.

No balcão do posto de enfermagem, conversando com uma atendente, estava uma moça esguia, baixa e com cabelos na altura dos ombros. Durante a conversa ela se virou parcialmente, de forma que eles puderam ver o seu rosto de perfil. Ela era muito bonita, com feições delicadas, que incluíam alguns traços faciais de menina, mesclados com alguns elementos adultos. Tinha uma presença marcante no ambiente, exibindo um corpo com curvas bem definidas, mas não exageradas, e uma constituição discretamente masculina, com ombros levemente proeminentes e seios pequenos. Paulo e Miguel estavam próximos o suficiente para ouvir a moça perguntar por informações sobre uma paciente internada chamada Teresa Aparecida.

A moça prendeu a atenção dos dois, em parte porque não se encaixava exatamente no perfil de visitantes que eles imaginavam para Teresa Aparecida, uma pessoa extremamente humilde, e, em parte, por instinto de ambos. Entreolharam-se e, através de comunicação não-verbal, concordaram em não interpelá-la.

Miguel ficou instantaneamente atraído por ela, tanto pela impressão física que causava quanto pelo ar intelectual e algo enigmático que exalava. Ela vestia calça jeans apertada no corpo, o que salientava a musculatura bem definida de suas coxas. Miguel flagrou-se imaginando como seriam as suas pernas sob as calças jeans. Foi salvo de seus devaneios pela vibração do seu celular. Era o pessoal da perícia que estava no Departamento de Informática da USP. Eles estavam com um professor do departamento, que dizia que o objeto que haviam encontrado na van era, muito provavelmente, um dispositivo eletroeletrônico, mas de um tipo que ele nunca tinha visto antes. O professor também afirmara que não fazia ideia que função o mesmo poderia desempenhar. Ele também disse que talvez pudesse fornecer mais informações, caso o autorizassem a abrir o dispositivo.

Miguel explicou a situação a Paulo que, sem saber ao certo por que, imediatamente, negou a autorização. Paulo explicou a Miguel que tinha uma intuição de que ainda precisariam daquele objeto e, portanto, necessitavam dele inteiro.

Decidiram voltar ao Palácio da Polícia e, quando chegaram, pouco depois das seis horas, Paulo já sabia qual seria o seu próximo passo. Sentou-se em sua mesa e retirou de uma das gavetas um livro do seu plano de saúde, que continha os nomes e telefones de todos os médicos conveniados da cidade. Ele atirou o livro para Miguel, na mesa ao lado.

– Eu quero que você investigue um palpite que eu tenho. Ligue para todos os psiquiatras dessa lista e pergunte se algum deles conhece a Clínica Casa da Montanha, em Cotia – Paulo falou.

– E você? – Miguel perguntou.

– Vou ligar para as outras dez vítimas das abduções e perguntar se estão bem – Paulo respondeu e adicionou: – E também se foram procurados, nos últimos dias, por uma moça jovem e de boa aparência.

– Hum, boa ideia. Eu investigo baseado na sua intuição e você procura os fatos – Miguel falou.

– É assim que funcionamos, esqueceu? Eu tenho a intuição e você, a mente analítica. Em outras palavras, eu faço associações improváveis, baseadas em intuição, e você as limita trazendo-as de volta à realidade do caso com a sua mente lógica. Em casos aparentemente sem sentido, como esses, entretanto, temos que deixar espaço para alguma imaginação – Paulo respondeu.

– Sei... – Miguel falou rindo. – Vou pegar um café, pois tenho umas setenta ligações telefônicas para fazer.

Paulo decidiu que, como tinha um número muito menor de ligações para fazer, aproveitaria o tempo extra para tentar conversar com as vítimas e descobrir se algo havia mudado em suas vidas.

Eram quase oito e meia quando Miguel terminou a sua última ligação. Apesar do esforço de tentar prolongar as conversas com as vítimas, Paulo havia terminado as suas ligações muito antes.

Miguel colocou o telefone no gancho e, com um gesto rápido, empurrou o aparelho para longe de si. Colocou os braços atrás da cabeça, reclinou-se levemente na cadeira, deixou sair um suspiro e por fim falou:

– Você primeiro.

– Muito bem. Consegui falar com todas as dez vítimas restantes e estão bem. Continuam seguindo as suas atividades diárias normalmente, embora com graus variáveis de paranoia e preocupação com segurança ao andar na rua, o que eu considero absolutamente normal depois do que passaram – Paulo falou.

– E foram procurados por alguém? – Miguel perguntou.

– Sim, quatro deles foram procurados por uma moça jovem, que se apresentou como psicóloga da polícia, e fez perguntas detalhadas a respeito das abduções e ainda sobre como estavam se sentindo após o ocorrido – Paulo respondeu.

Devíamos ter falado com a moça – Miguel falou.

– E o que teríamos dito? Não temos ideia de quem ela seja, ou do que pode querer com as vítimas. E você? – Paulo perguntou.

– Liguei para os setenta e nove psiquiatras da lista e consegui encontrar em seus consultórios, cinquenta e três – Miguel fez uma pausa: – Nenhum deles jamais ouviu falar de uma clínica chamada Casa da Montanha, em Cotia.

Antes que Paulo pudesse dizer algo, Miguel perguntou:

– Era esse o seu palpite? O que significa?

– Ainda não sei ao certo, como eu disse, foi só um palpite. Preciso pensar mais no assunto – Paulo respondeu.

A atenção dos dois foi subitamente atraída pela presença de um rapaz com uniforme dos Correios que vinha na direção deles. Ele se aproximou perguntando pelo detetive Paulo Westphalen. Paulo identificou-se e o rapaz entregou-lhe um envelope pardo, com o logotipo do Sedex, além de um recibo para ser assinado. O rapaz pegou o recibo assinado e foi embora.

– Roger Lantz? É impossível, não poderia ter chegado tão rápido – Miguel falou.

– Poderia sim, já que ele mandou por uma agência dos Correios na cidade de Guarulhos – Paulo falou, segurando o envelope de forma que Miguel pudesse ver o carimbo.

– Ele passou nos Correios no caminho para o aeroporto – Miguel ponderou. – Esperto, assim ele chama menos atenção para si.

– Exatamente.

O envelope era pouco maior do que uma folha de ofício e tão leve que parecia vazio. Paulo abriu-o com cuidado e deixou o seu conteúdo cair por sobre a mesa. Eram apenas três itens: duas folhas de papel A4 com o conteúdo de páginas da Internet impressos e uma fotografia impressa em um papel *glossy* de 15 por 21 centímetros. Cada um dos três itens tinha uma pequena etiqueta adesiva amarela afixada, com os números 1, 2 e 3.

A fotografia estava identificada com o número 1. Paulo e Miguel puderam ver que ela havia sido impressa de algum *site* da Internet, pois continha uma legenda em letras pequenas. A fotografia retratava cerca de dez pessoas sentadas em uma mesa, durante um jantar formal. Todos estavam impecavelmente vestidos: os homens com terno e gravata, as mulheres com vestidos longos de festa. A legenda, em letras miúdas, dizia, em inglês: All American Company, Conselho Executivo, fevereiro de 1969.

A folha identificada com o número dois mostrava o conteúdo, em inglês, de uma página dos arquivos do *site* do jornal *The New York Times* e falava sobre as atividades do Comitê Church.

O conteúdo da folha número três também estava em inglês e era a impressão da página inicial do *site* das instalações do *High Frequency Active Auroral Research Program* ou Programa de Investigação de Aurora Ativa de Alta Frequência, também conhecido pela sigla HAARP.

Depois de examinarem rapidamente os documentos, e sem uma leitura completa dos textos impressos, ambos trocaram olhares de perplexidade.

– Não faço a menor ideia do que sejam essas coisas – Miguel falou desolado.

– Estamos muito cansados e não vamos chegar a parte alguma, se é que esse material leva a algum lugar, analisando essas informações agora – Paulo falou. – Eu sugiro que continuemos amanhã.

– Eu concordo. Vou pesquisar na Internet sobre essas coisas e então decidimos se podem valer o nosso tempo – Miguel falou em um suspiro.

– A única coisa que chama a atenção de imediato é a referência a All American Company, a *holding* de empresas rival da InMax do senhor Siegfried – Paulo falou. – Conhecemos alguém na fotografia?

Ambos estudaram rapidamente os rostos das pessoas sentadas à mesa.

– Não conheço ninguém – Miguel falou.

Paulo concordou, acenando com a cabeça.

Neste momento, Ismael aproximou-se deles e disse:

– O chefe quer ver vocês.

Ao chegarem à sala do chefe viram que ele estava sentado em sua cadeira com um aspecto de exaustão. Tinha uma mecha do seu topete orientada na direção oposta das demais, o que era um sinal, para os que conheciam o homem muito bem, de que ele estava muito cansado ou mesmo irritado.

– Acabo de concluir uma reunião interessante – Brandão falou para Paulo e Miguel que decidiram permanecer em pé. – Fui visitado por um funcionário do consulado americano, chamado Robert Green. O senhor Green, que acabou de sair, levou quase três horas para me fazer um pedido.

–E o que é? – Paulo perguntou.

– Ele solicitou que compartilhemos quaisquer informações relacionadas a Alexei Demochev, que eventualmente possamos vir a descobrir – Brandão falou.

— Além disso, pediu que sejamos muito discretos ao citar o nome de Alexei Demochev, especialmente para a mídia.

— E qual o motivo de tudo isso? — Miguel perguntou.

— Ele não falou, naturalmente. Apenas disse que Alexei Demochev é um assunto embaraçoso para eles — Brandão respondeu.

— E com a sua experiência política, como você entende isso? O que é que há nas entrelinhas? — Paulo perguntou ao chefe.

Brandão pensou por um instante e disse:

— Alexei Demochev é o suspeito natural no assassinato de Salvador Cruz e já sabemos que ele parece ter uma história longa com os americanos. Acredito que eles estão dizendo que não querem que investiguemos o caso, para que não haja o risco de que venhamos a expor alguma informação sensível. Acho que estamos diante de um estágio inicial de pressão e, se não largarmos o caso, a pressão aumentará exponencialmente.

— Devemos varrer o caso para baixo do tapete para não expor Demochev e não constranger os americanos — Paulo concluiu.

— Foi mais ou menos esta a mensagem do senhor Green em quase três horas de reunião — Brandão falou.

— E qual a natureza dos problemas de Demochev com os americanos? — Miguel perguntou.

— Ele obviamente não disse — Brandão respondeu.

Houve um instante de silêncio e Miguel disse:

— Tem algo fora de lugar: como os americanos sabiam que estamos atrás de Demochev?

— O nosso pedido de informações ao FBI — Paulo deduziu. — Quando colocamos o nome Alexei Demochev no ar, luzes vermelhas devem ter se acendido por toda a parte.

— Este caso é um pesadelo — Miguel desabafou.

— Só tenho uma certeza: fomos pegos no meio de algo muito grande e que não começou ontem — Brandão falou. — Precisamos prosseguir com toda a cautela.

Paulo e Miguel foram liberados pelo chefe e voltaram às suas mesas.

— Depois disso chega. É sexta-feira à noite, vou embora — Miguel falou.

— Eu também vou. Hoje é dia de pizza, preciso ir para casa.

Paulo chegou em casa bem depois das dez horas, mas ainda a tempo de encontrar-se com todos. O jantar de sexta-feira era sempre especial, com todos reunidos para comer a pizza feita em casa pela Margarida. Durante o jantar, Paulo tentou perguntar a Antônio sobre o que ele dissera, naquela manhã, a respeito da propaganda do cereal com o elefante roxo, mas ele não conseguia mais lembrar. Explicou que andava totalmente envolvido com alguns desafios matemáticos que baixara do *site* de uma universidade americana.

Depois do jantar, Paulo tomou um banho e foi dormir, estava exausto e atordoado com o volume de informações que havia surgido em tão pouco tempo.

São Paulo, Brasil, Sábado, 6 de Setembro de 2008.

Paulo chegou ao Palácio da Polícia pouco depois das nove horas da manhã. O tempo estava bom, embora não totalmente sem nuvens como nos dias anteriores. A temperatura tinha subido bastante e de maneira rápida, estando quase quente para essa época do ano. Essa combinação normalmente indicava que, em breve, uma nova frente fria viria do sul do país trazendo chuva e, depois, mais frio.

Ao aproximar-se de sua mesa, Paulo viu que a cadeira à frente da sua estava ocupada por um senhor de idade. Foram necessários apenas alguns passos a mais para identificar o visitante. Paulo ficou surpreso e um pouco preocupado ao ver que o senhor aguardando por ele era ninguém menos do que Orfeu Ortiz.

Orfeu Ortiz devia estar próximo dos oitenta anos e era uma espécie de lenda na cidade, especialmente no mundo jornalístico. Ele era um jornalista da velha guarda, que trabalhava em um jornal tradicional da capital, embora não escrevesse mais com tanta frequência. Esse fato não era devido a algum declínio de suas propriedades intelectuais relacionado à idade, como alguns acreditavam. Ele estava, pelo contrário, cada vez mais lúcido e informado sobre o mundo contemporâneo. A explicação para escrever pouco estava, na verdade, em suas opiniões polêmicas, na sua maneira ácida de escrever sobre temas sensíveis e, principalmente, pela sua tendência a dar valor a teorias conspiratórias diversas. Paulo achava que ele escrevia muito bem e era muito inteligente, mas realmente podia facilmente perder-se, enveredando através de especulações excessivas para o território da completa fantasia. E, quando isso acontecia, a sua credibilidade passava a não ser mais uma unanimidade. Além disso, tinha uma característica bastante incomum para alguém de sua idade: ele era completamente aficionado por tecnologia, dominando amplamente, por exemplo, o uso da Internet. Essa peculiaridade ajudava a tornar Orfeu Ortiz uma criatura absolutamente *sui generis*.

Orfeu estava vestido, como sempre, com uma calça, um terno e um chapéu marrons quadriculados, estilo Sherlock Holmes, não faltando, inclusive, a gravata borboleta, que era a sua marca registrada.

Apertaram as mãos e Paulo sentou-se em sua cadeira.

– É sempre uma honra conversar com o senhor, detetive – Orfeu falou. – Eu sempre deixei claro que acho que o senhor faz parte do que a polícia de São Paulo tem de melhor.

– Eu agradeço o elogio. Como o senhor sabia que eu estaria aqui? – Paulo perguntou.

– Considerando a complexidade do caso que vocês têm nas mãos, eu sabia que o encontraria trabalhando em um sábado de manhã – Orfeu respondeu.

– E que caso seria esse? – Paulo perguntou, pressentindo um mau começo.

– O caso das abduções, é claro – Orfeu falou. – A cobertura da mídia foi, no mínimo tímida, mas o caso não passou despercebido por mim.

– Nenhuma vítima foi ferida ou roubada e, como se não bastasse, ninguém passou mais do que três ou quatro horas desaparecido, portanto, não me admira que a imprensa não tenha achado o caso atraente – Paulo falou.

– A nossa imprensa descartável e superficial sim, mas para mim esse caso é fascinante. Quem são os perpetradores? O que eles querem? – Orfeu perguntou, não esperando uma resposta.

Nesse momento Miguel chegou e, ao aproximar-se e identificar o interlocutor com quem o seu parceiro falava, teve um sobressalto. Paulo viu no seu semblante uma mistura de perplexidade e preocupação, e ele sabia o que Miguel estava pensando: bem no momento em que o chefe pedira para que aumentassem o sigilo acerca do caso, surgia ninguém menos do que o jornalista mais polêmico da cidade. Paulo sinalizou para que Miguel sentasse ao lado de Orfeu.

– Detetive Miguel, bom dia! – Orfeu falou enquanto apertava as mãos de um Miguel desconfiado, que conseguiu produzir como resposta apenas um grunhido e um aceno de cabeça.

– Estávamos falando do caso das abduções... E o senhor Orfeu estava prestes a explicar o motivo da sua visita – Paulo falou, para introduzir Miguel na conversa.

– Exato. Estou aqui para oferecer ajuda a vocês – Orfeu falou.

– E como exatamente o senhor imagina que poderia nos ajudar? – Paulo perguntou.

– Com o meu *insight* em diferentes assuntos, que possam eventualmente ser pertinentes ao caso – Orfeu respondeu e, após uma pausa, completou: – Me testem, estou à disposição.

– E o que falarmos vai direto para as páginas do jornal... – Miguel murmurou.

– Negativo. Eu não sou esse tipo inescrupuloso de jornalista – Orfeu falou enfaticamente. – Nada do que vocês dividirem comigo virará uma história, a não ser que vocês queiram que vire.

Paulo ponderou por alguns instantes: as apostas eram altas e os riscos também, mas Orfeu era realmente uma pessoa que poderia oferecer informações que eles não obteriam facilmente de outra forma, nem mesmo considerando as pesquisas de Miguel na Internet. Miguel estudou o rosto de Paulo e quase entrou em pânico ao ver que ele estava cogitando compartilhar algo com Orfeu.

— A confiança é uma via de duas mãos — Paulo falou.

— De acordo — Orfeu falou.

Mais um breve instante de silêncio e então, repentinamente, Paulo colocou a bola em jogo:

— Fale-nos sobre o Comitê Church.

A sentença de Paulo foi tão inesperada que Orfeu levou alguns segundos para se reorganizar mentalmente e produzir uma resposta.

— Nossa, imaginei que vocês estavam com problemas, mas parece que subestimei a gravidade da situação — Orfeu falou. — O Comitê Church, iniciado em 1975, representa uma denominação genérica para uma série de investigações conduzidas pelo senado americano a respeito de supostas atividades ilegais conduzidas por agências de inteligência, em especial a CIA. O comitê deriva o seu nome de seu relator na época, o senador Frank Church.

— E o que exatamente eles investigaram? — Miguel perguntou.

— Foram diversos tópicos relacionados a abusos cometidos pelas agências de inteligência, tanto dentro quanto fora dos Estados Unidos — Orfeu respondeu.

— Os planos para assassinar líderes estrangeiros e a abertura ilegal de correspondências pessoais de cidadãos norte-americanos são exemplos de atividades que foram investigadas pelo comitê.

— Entendo... — Paulo disse, não imaginando onde Roger Lantz queria que eles chegassem.

— Segunda pergunta: o senhor reconhece alguém nesta fotografia? — Paulo perguntou e entregou a fotografia que viera junto com os documentos enviados por Roger Lantz para o jornalista examinar.

Ele estudou os rostos impressos na fotografia, cuidadosamente, por um minuto inteiro, e então disse:

— São pessoas muito importantes no mundo dos negócios e eu reconheço dois dos homens mais poderosos e ricos do mundo nela: bem no centro da fotografia está Michael Rothschild, fundador e CEO da All American Company, que é um dos maiores conglomerados empresariais dos Estados Unidos e do mundo. Sentado ao seu lado, à direita, está uma figura bem conhecida para nós brasileiros: o senhor Siegfried Maximiliano, da InMax.

Paulo retomou a fotografia em um ímpeto de curiosidade e passou a examiná-la com outros olhos, acompanhado por Miguel. Agora que Orfeu havia facilitado, fazendo a associação, eles podiam divisar claramente o rosto do senhor Siegfried, bastante mais jovem, naquela mesa de jantar.

— Eles se conhecem? Achei que eram rivais? — Miguel falou.

— Agora são, mas não foi sempre assim — Orfeu falou. — Na verdade, eles começaram a vida no mundo dos negócios juntos, tanto que o senhor Siegfried foi cofundador da All American Company.

As palavras de Orfeu pareciam aumentar o grau de confusão na mente dos detetives.

— Agora, vocês não precisam de mim para saber essas coisas que eu acabei dizer. Isso é lugar comum. O que falei sobre o Comitê Church, por exemplo, estava tudo escrito nessa folha que você me mostrou — Orfeu falou. —Eu posso ajudá-los, verdadeiramente, fazendo associações improváveis.

— Tais como? — Paulo perguntou.

— Tanto Michael Rothschild quanto o senhor Siegfried Maximiliano foram investigados pelo Comitê Church. Michael Rothschild foi, inclusive, condenado e passou alguns meses preso em 1979, se não me engano — Orfeu falou. — Aparentemente, o senhor Siegfried, de alguma forma, conseguiu se safar.

— Como o senhor sabe disso? — Miguel perguntou impressionado.

— Nos anos setenta era época da ditadura militar no Brasil, lembram? E o país não era exatamente um local propício para um jornalista com o meu perfil –Orfeu respondeu. — Nessa época, eu estava exilado em Washington, D.C., de onde voltei somente em 1985, quando as coisas por aqui acalmaram.

— Essa é a ligação entre os dois documentos — Paulo falou para si mesmo.

— Eu me lembro bem do episódio. Tudo isso e muitas outras coisas ocorreram no rastro do escândalo de Watergate. Foi uma época muito excitante para qualquer jornalista que estivesse lá. Parecia que, a cada manhã, um novo escândalo brotava de algum canto da cidade.

— E quais foram as acusações que pesaram sobre Michael Rothschild e o senhor Siegfried? — Paulo perguntou.

— Não faço ideia, pois não foi divulgado, o que provavelmente indica que algum acordo deve ter sido feito com a promotoria, nos bastidores — Orfeu respondeu.

— E como o senhor Siegfried conseguiu escapar, especialmente quando um homem como Michael Rothschild chegou a passar alguns meses preso? — Miguel perguntou.

— Também não sei. O que me lembro é que, em determinado momento, o senhor Siegfried saiu das manchetes por completo e não se ouvia mais falar nele. Alguns anos mais tarde fiquei sabendo, por acaso, que ele estava no Brasil e tinha iniciado novos negócios no país.

– Muito bem, terceira e última pergunta – Paulo falou, sem na verdade perguntar nada, apenas deslizando para Orfeu a folha marcada com o número 3 dos documentos de Roger Lantz.

Ele leu o conteúdo da página e, por fim, disse:

– Programa de Investigação de Aurora Ativa de Alta Frequência, também conhecido pela sigla HAARP. Com esse vocês me pegaram, não faço ideia de como esta terceira peça se encaixa com as duas anteriores – Orfeu falou.

– O que é o HAARP? Paulo perguntou.

– É uma instalação de pesquisas do governo americano, fica no Alaska e é composta por um número grande de antenas em um arranjo específico. Elas têm como objetivo estudar a ionosfera, ou algo assim – Orfeu respondeu.

– É uma instituição de pesquisas atmosféricas? Só isso? – Miguel perguntou.

Orfeu assentiu.

Neste momento, Paulo chegou a pensar que Roger Lantz pudesse estar maluco ou que estava brincando com eles. Lembrou-se, então, do rosto do homem e da angústia que ele transparecia. Aquele não era um homem maluco ou pregando uma peça, era alguém que tinha feito alguma descoberta terrível e que não podia, ou não tinha os meios necessários, para fazê-la vir à tona e ver a luz do dia.

– É claro que isso é a versão A. E vocês não estariam conversando comigo agora se não estivessem interessados também na versão B – Orfeu falou maliciosamente.

Miguel acomodou-se na cadeira, enquanto Paulo levantou-se e sentou no canto da mesa, mais próximo de Orfeu.

Nenhum dos dois sabia se queria mesmo saber da versão B de Orfeu. O silêncio dos dois e a maior proximidade física de Paulo, entretanto, foram sinais suficientes para Orfeu prosseguir.

– As antenas do HAARP emitem bilhões de watts de potência sob a forma de ondas eletromagnéticas que são absorvidas pela ionosfera, a qual, por sua vez, reflete-as de volta para a superfície da Terra com um comprimento de onda bastante diferente do original. São as chamadas ondas ELF, *extremely low frequency*, ou de frequência extremamente baixa. Estas ondas, dizem os afeitos às teorias conspiratórias, produzem uma série de efeitos, tanto na matéria orgânica, quanto inorgânica. Essa tecnologia estaria sendo usada pelo governo americano como uma tentativa de controlar o clima ou... o funcionamento da mente humana.

– Ah, qual é, não temos tempo para isso – Miguel falou.

– Eu sinto muito, mas é o que dizem por aí – Orfeu falou.

– E como essas ondas afetariam o cérebro humano? – Paulo perguntou.

– Essas ondas têm uma frequência específica que, através de estimulação elétrica transcortical, poderia afetar o funcionamento cerebral de um indivíduo – Orfeu respondeu. – O nosso cérebro, quando estamos acordados, funciona com um padrão de ondas, ao eletro encefalograma, chamado de ondas beta, que representam que a pessoa está em vigília e com o cérebro atento, por assim dizer. As ondas do HAARP seriam capazes de induzir uma mudança no padrão de ondas beta para ondas alfa, que refletem um padrão mais lentificado de atividade cerebral e que é observado quando o indivíduo está menos atento, quase em um estado de sonolência. Isso significaria que a pessoa, embora acordada, tem o seu cérebro funcionando em um estado de semissonolência permanente. Essa pessoa não conseguiria desenvolver um raciocínio complexo, por exemplo e, possivelmente, estaria mais propensa a passar o dia assistindo à televisão ou olhando vitrines em um shopping center. Parece familiar?

– Você não acredita nisso, acredita? – Paulo perguntou.

– Acho que o nosso mundo atingiu um grau de complexidade tão grande que o torna difícil de ser compreendido por pessoas comuns, como nós. Eu acredito em parte nisso tudo. Acho que o HAARP é uma de várias iniciativas que têm por objetivo o controle da mente humana. Acredito também que eles ainda não foram bem-sucedidos em sua tarefa, talvez porque a tecnologia não esteja pronta – Orfeu respondeu, e completou: – Vocês sabiam, por exemplo, que existem estações repetidoras do HAARP na África do Sul e na Sibéria? E que, apesar de o HAARP ser um suposto projeto científico para pesquisas atmosféricas, as suas instalações estão localizadas em um terreno que pertence ao Departamento de Defesa dos Estados Unidos?

– É interessante... – Paulo falou, com pouca convicção.

Subitamente, Orfeu levantou-se e disse:

– Bom, acho que vou deixar vocês trabalharem. Sei que têm coisas mais importantes para fazer em um sábado do que ouvir as teorias de um velho maluco.

– Apreciamos a sua visita e as informações que o senhor nos deu. De verdade – Paulo falou.

Ele sorriu e deixou sobre a mesa de Paulo um cartão com o número do seu telefone celular.

– Se vocês precisarem de mim é só ligar para esse número. Eu posso ajudar mais – Orfeu falou e foi embora.

Orfeu Ortiz mal tinha desaparecido do campo visual de ambos quando Miguel falou:

– Achei que você estava maluco quando começou a dar corda a ele, mas tenho que admitir que ele acabou por fazer algumas associações muito interessantes. Excluindo-se a última parte, que é uma grande bobagem, é claro.

— Concordo e também acho que essa história do final não faz sentido — Paulo falou. — Sem dúvida o mais interessante é saber que o senhor Siegfried não só conhecia, como era parceiro de negócios do rival, Michael Rothschild. Além disso, eles foram investigados pelo mesmo motivo e parece que o senhor Siegfried saiu relativamente ileso, enquanto o sócio teve problemas maiores.

Paulo prosseguiu:

— Mas não é isso o que me intriga.

—E o que é? — Miguel perguntou.

— É a maneira inesperada como a visita de Orfeu Ortiz ocorreu. Ele diz que ficou sabendo do caso das abduções pela mídia, mas eu achava que não tinha ocorrido nenhuma cobertura do caso. Ninguém da imprensa veio falar conosco, por exemplo. E ninguém mais, excetuando-se o chefe, saberia o suficiente sobre o caso para produzir uma matéria jornalística. E também tenho certeza de que o chefe não falou com ninguém sobre o caso, pois, como ele próprio falou, a sua divulgação seria um pesadelo.

— Não sei se fico tão impressionado. Orfeu Ortiz é bem relacionado dentro da polícia, ele pode ter obtido informações até em uma conversa informal com alguém daqui — Miguel falou.

— É possível — Paulo falou. — O que eu acho mais estranho é que ele veio nos procurar sem pedir nada em troca, produzindo associações interessantes para, no final, simplesmente sair de mãos abanando. Todo mundo tem interesses e deseja receber algo em uma troca. Eu não esperaria que fosse diferente, ainda mais com uma raposa como Orfeu Ortiz.

— E qual é a sua teoria?

— Nenhuma, por enquanto, mas acho que falhamos em compreender o propósito da sua visita – Paulo falou.

— E quanto às associações que ele fez, onde elas nos colocam? – Miguel perguntou.

Paulo pensou por um instante e disse:

— O mais interessante é que agora sabemos que o senhor Siegfried conhece Michael Rothschild, o qual, por sua vez, conhecia Alexei Demochev.

— Os caminhos dos três muito provavelmente se cruzaram em algum ponto – Paulo respondeu.

— E quanto a essa bobagem do final? Nem o próprio Orfeu parece acreditar – Miguel falou.

— Quando pensamos nos documentos de Roger Lantz, temos que nos colocar no lugar dele e imaginar que estamos tentando interpretar um material que foi reunido por uma pessoa que não pode falar através de uma linguagem direta – Paulo falou. – Acredito que, através do conteúdo dos documentos e pela maneira como eles foram organizados em uma sequência, ele quer fornecer subsídios para que façamos determinadas associações, que conduzirão a uma linha de raciocínio. Fomos presenteados, por Orfeu Ortiz, com a primeira dessas associações.

— Roger Lantz pode não querer falar sobre o HAARP, mas sim usar o assunto para nos conduzir a outro tópico relacionado – Miguel falou.

— Exatamente. Assim como o documento sobre o Comitê Church estava relacionado com a fotografia – Paulo falou.

— E quem poderia nos ajudar a fazer essa conexão improvável? – Miguel perguntou.

— Orfeu Ortiz. E é sobre isso que eu estava falando. Subitamente, ele entra em nossa investigação e aqui estamos nós, precisando dele novamente. E tudo isso em menos de uma hora – Paulo respondeu.

Neste momento, Ismael aproximou-se deles. Estava com bastante pressa, pois, nos últimos dias, haviam surgido vários casos novos com os quais ele e a sua equipe teriam que lidar. Ele perguntou se poderiam comparecer ao enterro de Salvador Cruz, já que não conseguiria tempo para ir. Ismael também disse que não havia novidades na sua investigação, até porque, por ordem do chefe, ele não tinha mais trabalhado no caso. Permaneciam praticamente onde estavam desde o início: na estaca zero.

Como havia ocorrido certa demora na liberação do corpo pelo legista, o enterro de Salvador Cruz tinha sido marcado apenas para a manhã deste sábado, às onze horas. O cemitério ficava no bairro de Pinheiros, o que fez com que Paulo e Miguel saíssem imediatamente.

O céu tinha passado a totalmente encoberto, havia esquentado um pouco mais e agora existia uma sensação de peso, quase tensão no ar. Uma mudança no tempo se aproximava e tudo indicava que não seria sutil.

O cemitério era de alto padrão, com amplas áreas verdes e caminhos ajardinados. Estava salpicado de grandes mausoléus, ricamente ornamentados, que pertenciam a famílias proeminentes. Era possível ver que pessoas importantes haviam encontrado o seu local de repouso aqui. Como haviam enfrentado algum trânsito excepcional para uma manhã de sábado, chegaram ao enterro apenas instantes antes de o caixão contendo o corpo de Salvador Cruz ser baixado para o seu local de repouso definitivo. No local da cerimônia não havia mais do que dez pessoas, incluindo o padre. Paulo reconheceu apenas dona Iolanda e as suas irmãs, que estavam na casa no dia da visita deles, ninguém mais. Presumiu que os outros deveriam ser vizinhos ou clientes mais antigos da padaria.

Paulo e Miguel prestaram as suas condolências à dona Iolanda e explicaram que o detetive Ismael não conseguira vir. Ela agradeceu a presença deles.

No instante seguinte, quando se afastavam, a atenção de ambos foi súbita e simultaneamente atraída por uma cena que se desenrolava a cerca de cinquenta metros de distância. Usando uma árvore como refúgio, estava a figura de um homem de boné, inequivocamente tirando fotografias da cena do enterro. Como a cerimônia acabara, era possível ver que ele guardava a máquina fotográfica e se preparava para ir embora. Parecia atento ao movimento ao seu redor, mas de uma maneira um tanto desajeitada, o que deu a impressão de que o homem não sabia ao certo como permanecer incólume e, portanto, não se tratava de um profissional. Paulo e Miguel se entreolharam e ambos já sabiam o que fazer: iriam interpelá-lo, mas sem chamar a atenção das pessoas que agora se afastavam para ir embora. Eles se separaram e passaram, lentamente, a se aproximar e a flanquear o sujeito. Era um rapaz jovem, de estatura mediana, com o corpo franzino e aspecto assustado. Paulo calculou que ele devia ter aproximadamente vinte e cinco anos de idade. A distância entre eles foi diminuindo sem que o homem percebesse e, quando Paulo estava a cerca de quinze metros de distância, com Miguel aproximando-se pelo lado oposto, ele falou alto, com a voz firme, mas sem gritar:

– Parado! É a polícia!

O homem ficou paralisado e, instintivamente, virou-se para o outro lado, o que apenas revelou a ele a figura massiva de Miguel aproximando-se com os braços abertos e as mãos estendidas. Ele ficou de joelhos e derrubou a bolsa contendo a máquina fotográfica no chão.

— Eu não fiz nada! — O rapaz falou com a voz carregada de medo.

— Fotografar o enterro de um homem que foi assassinado é, no mínimo, suspeito. Como é o seu nome? — Paulo falou, levantando o rapaz do chão.

A menção à palavra "assassinado" alavancou o medo do rapaz para um estágio superior, de pânico quase irracional. Ele começou a chorar e apenas conseguiu gaguejar uma resposta.

— Eu não sabia... Eu não sabia!

Tanto Paulo quanto Miguel souberam imediatamente que estavam diante de um tipo totalmente inofensivo de pessoa, que havia entrado por acaso na história. Mesmo assim, acharam que era necessário ouvir o que ele tinha a dizer. Portanto, mantiveram a pressão.

— Vamos conversar sobre isso na delegacia.

Levaram o rapaz, sem algemá-lo, para o Palácio da Polícia. Durante o caminho de volta, mantiveram a pressão no ambiente ao não trocarem nenhuma palavra.

Colocaram o rapaz em uma sala de entrevistas. Paulo acomodou-se em uma cadeira, enquanto Miguel sentou-se no canto de uma mesa. Sabiam que ele falaria de qualquer forma, mas manteriam a pressão para que ele o fizesse rapidamente.

— Você ainda não falou o seu nome — Miguel falou.

— André — o rapaz disse, reunindo forças.

— Muito bem, André, você foi flagrado fotografando o enterro de um homem que foi assassinado. Isso o coloca em uma situação muito delicada — Miguel falou.

— Eu não sabia... — ele falou, com a voz mais trêmula agora.

— Já ouvimos isso — Paulo falou.

— Vou dizer o que eu acho — Miguel falou inclinando-se, de forma a ficar bem próximo do rapaz. —Eu acho que você matou o homem que estava sendo enterrado e quis fazer umas fotografias para provar à pessoa que encomendou o serviço que você tinha feito tudo certo.

— Que idade você tem? — Paulo perguntou.

— Vinte e sete anos.

— Uma pena — Paulo falou, sacudindo a cabeça negativamente. — Uma vida inteira pela frente, desperdiçada. Vemos isso todo o dia.

— É, todo o dia... — Miguel falou, reforçando.

Nesse momento ele atingiu o ponto de ebulição: colocou a cabeça entre as mãos e começou a soluçar incontrolavelmente.

Os detetives mantiveram o silêncio. Após alguns minutos o rapaz controlou-se e disse:

— Eu apenas fiz o que me mandaram.

— E o que era? — Miguel perguntou.

— Bater fotografias do enterro deste tal de Salvador Cruz.

— Você o conhecia?

— Não. Eu juro que não. E não fazia a menor ideia que tinha sido assassinado — o rapaz falou e, percebendo que Paulo era o mais graduado, olhou para ele e disse: — O senhor tem que acreditar que eu não sabia!

— Nós acreditamos em você, mas terá que nos contar toda a história. Como você foi contatado? — Paulo falou, aliviando a tensão.

— Eu sou fotógrafo. Ganho a vida documentando aniversários, casamentos e eventos em geral. Eu tenho um anúncio pequeno, que sai todo o domingo e quinta-feira nos classificados da Folha de São Paulo. Neste anúncio, além do meu celular e do meu e-mail, eu coloco o meu usuário no *MSN*. — o rapaz respondeu.

— Prossiga — Miguel falou.

— Na quinta-feira à noite, uma pessoa fez contato através do *messenger*, em inglês, dizendo que gostaria dos meus serviços. Eu perguntei de que se tratava e ela respondeu que era muito simples, bastava eu tirar algumas fotografias de um enterro, escolher as melhores e enviá-las pela Internet. Quando a pessoa disse que pagaria R$3.000,00 pelo serviço, eu quase desliguei, pois tinha certeza que era uma brincadeira.

— E então? — Paulo perguntou.

— A pessoa parecia falar muito sério e pediu os meus dados bancários. Disse que depositaria um sinal de R$1.500,00, assim que os bancos abrissem na sexta-feira de manhã e o resto depois que eu completasse o serviço. Eu resolvi pagar para ver, não sei bem porque, acho que fiquei ganancioso. Todo aquele dinheiro por algumas fotos, e se fosse verdade? — O rapaz falou. — Eis então que, logo após os bancos abrirem, pouco depois das dez horas da manhã, o dinheiro estava lá. Entrei em contato novamente, dizendo que aceitava o serviço e pedindo detalhes. A pessoa explicou que era o funeral deste tal de Salvador Cruz que eu deveria fotografar e me instruiu a ligar para o cemitério em Pinheiros e perguntar se já havia alguma data marcada para a cerimônia. Me identifiquei como amigo da família e, no início da noite de ontem, uma funcionária do cemitério retornou a minha ligação dizendo que o enterro havia sido marcado para às onze horas de hoje.

– Quem é essa pessoa?

– Não faço ideia, ela não se identificou em nenhum momento e os diálogos foram todos em inglês.

– Como ela se identificava nas conversas? – Paulo perguntou.

– Apenas pelo nome de usuário do *messenger*: w43o@hotmail.com – ele respondeu.

– E depois, como você enviaria as fotografias? – Miguel perguntou.

– Eu deveria fazer o *upload* delas para uma *drop box* indicada através de um endereço de IP que me foi fornecido.

– Anote o endereço para nós – Miguel falou, colocando uma caneta e uma página em branco do seu bloco na frente do rapaz.

O rapaz anotou o endereço que era constituído por uma sequência de números.

– Você pode ir agora – Paulo falou.

– Estou encrencado?

– Não, está tudo bem – Paulo respondeu.

– O que faço com as fotos? – ele perguntou.

Paulo pensou por um instante e disse:

– Mande-as normalmente como se você não tivesse tido essa conversa conosco.

O rapaz levantou-se e estava quase na porta, quando virou-se e disse:

– Desculpem pelo meu descontrole antes. É que agora eu estou no controle da minha vida, mas já tive uma fase complicada, aos dezenove anos, que culminou com o meu envolvimento em uma tentativa de roubo de carro. Fui condenado a três meses de uma pena alternativa. Enquanto vocês me pressionavam antes, entrei em pânico porque vi tudo aquilo voltar.

— Fique tranquilo, está tudo bem — Paulo falou.

Paulo e Miguel viram-se sozinhos na sala de entrevistas, ambos em silêncio, enquanto digeriam mais este desdobramento.

— Quem manda fotografar o enterro de um homem que foi assassinado? — Miguel perguntou.

— Possivelmente alguém que não gostava do falecido e que quer registrar, talvez para compartilhar com outras pessoas com sentimento semelhante, que aquela pessoa partiu — Paulo respondeu.

— E porque permitir que o rapaz envie as fotografias? — Miguel perguntou.

— Eu quero saber com que fins elas serão utilizadas — Paulo respondeu.

— Precisamos descobrir a quem pertence este endereço de IP — Miguel falou.

— Vamos ver se alguém da perícia que entenda de computadores está por aí — Paulo falou.

Na sala da perícia, eles ficaram surpresos ao verem várias pessoas trabalhando nas mais diversas atividades. Encontraram Marcos, que eles sabiam que entendia bastante de informática. Depois de explicar a situação, Marcos os conduziu a um terminal com acesso à Internet.

— Vou usar um serviço gratuito de *whois*, que determina qual é o nome do site que está associado a um determinado endereço de IP — ele falou enquanto digitava freneticamente no teclado à sua frente.

Após alguns instantes, ele enunciou o resultado:

– O nome do *site* é *Ward43Orphans.com*.

– Órfãos da Enfermaria 43 – Paulo falou, em voz baixa.

– Havia uma menção a Enfermaria 43 nos documentos que achamos na casa de Salvador Cruz – Miguel falou.

– Eu me lembro, mas não faço ideia do que signifique – Paulo disse.

– O *site* não é público e não podemos acessá-lo sem fornecer o nome de um usuário e uma senha – Marcos falou, mostrando a tela do computador, que estava na página inicial do *site*, exibindo apenas uma pequena caixa de diálogo solicitando usuário e senha. – O *site* também tem uma *drop box* que é uma pasta onde é possível, para qualquer um, deixar um arquivo, embora ela também não possa ter o seu conteúdo examinado sem uma senha.

– Alguém daqui seria capaz de entrar neste *site* sem o usuário e a senha? – Miguel perguntou.

– Você diz como um *hacker*? – Marcos perguntou. – Temos um estagiário que é um *nerd* e sabe tudo de computadores. Acho que conseguiria, mas ele está de folga.

– Chame-o e diga que é urgente. Quero ele trabalhando nisso em meia hora – Paulo falou.

Marcos assentiu e foi até sua mesa procurar na agenda telefônica o número do rapaz.

Como já passava da uma hora da tarde, Paulo e Miguel decidiram sair para almoçar na lanchonete próxima. Marcos tinha conseguido contato com o estagiário *nerd*, que aceitara alegremente o desafio, dizendo que estaria no Palácio da Polícia em, no máximo, quinze minutos. Ele começaria a trabalhar no caso imediatamente, assim que chegasse.

Enquanto desciam pelo elevador, em direção à rua, Paulo ligou de seu celular para Orfeu Ortiz. Ele perguntou se a expressão "Órfãos da Enfermaria 43" significava alguma coisa para ele. Ele disse que nunca tinha ouvido falar, mas que investigaria o assunto.

***

Eram pouco depois das duas horas e meia da tarde quando eles retornaram do almoço. Sentaram-se em suas respectivas mesas, em silêncio, com as suas atividades cerebrais arrefecidas pelo estado pós-prandial.

Miguel percebeu, ao checar o seu e-mail, que a resposta de Richard, do FBI, havia recém-entrado. O e-mail era extenso, pois continha fotografias e documentos em *PDF* anexados. A mensagem de Richard, entretanto, era sumária. Ele dizia que eram somente estas as informações que poderia obter, mesmo se dispusesse de mais tempo. Ele explicou que isto se devia ao fato de que o restante do material pertencia à CIA e exigia, para o seu acesso, um grau de liberação tão elevado, que talvez nem o diretor do FBI tivesse.

Miguel colocou rapidamente o material em uma sequência lógica e começou a falar:

– Iniciando pelo russo: Alexei Ivanovich Demochev, nascido em 25 de outubro de 1939, em Irkutsk, leste da Rússia, filho de pais médicos. Quando Alexei tinha seis anos de idade, os pais foram acusados de espionar para os americanos e condenados por crimes contra o Estado. A mãe foi executada e o pai enviado para um *gulag* na Sibéria. Ele nunca mais o viu. Alexei foi mandado para orfanatos do Estado. O dia do seu nascimento coincide com o aniversário de uma das datas mais importantes da revolução Soviética de 1917. Dotado de uma inteligência incomum, descrita como "fora dos padrões" até mesmo dentro do universo das pessoas inteligentes, ele chamou a atenção do sistema e foi selecionado para uma bolsa de estudos na Escola de Medicina de Moscou. Formou-se médico em 1959, com apenas vinte anos de idade. Segue-se uma lacuna em sua história pessoal, provavelmente representando parte do material com acesso restrito. As informações retornam somente em 1967, quando ele já estava morando na Califórnia e acumulara, no currículo, uma residência médica em Neurologia, no centro médico da Universidade de Stanford e um mestrado, doutorado e pós-doutorado em instituições não reveladas.

Miguel fez uma pausa para tomar ar e prosseguiu:

– Agora vem o melhor: a partir de 1975, Alexei Demochev foi indiciado e processado pelo Comitê Church, onde prestou três depoimentos, que não foram públicos e não tiveram o seu conteúdo revelado.

– Certamente a transcrição desses depoimentos faz parte do material não revelado – Paulo falou.

– Assim como o mais importante, que é o crime pelo qual ele foi indiciado – Miguel completou.

– E era isso – Miguel falou, retornando os olhos à tela do computador. – O último pedaço de informação disponível diz locais de trabalho e associações conhecidas: Universidade de Stanford e uma empresa privada chamada All American Company, corp.

Paulo completou imediatamente:

– Novamente uma ligação entre a concorrente do senhor Siegfried e o nosso único suspeito.

– Exatamente – Miguel falou excitado. – E tem a segunda parte.

– Segunda parte? – Paulo perguntou.

– Salvador Cruz – Miguel respondeu.

— Ele tem uma ficha no FBI? — Paulo perguntou, atônito.

Miguel assentiu, virou-se novamente para a tela do computador e começou a falar:

— Através do *software* de reconhecimento facial e ainda pelo nome falso Salvador Cruz, que também era conhecido pelos americanos, pois consta na ficha, foi possível identificá-lo facilmente. O nome verdadeiro deste sujeito é Enrique Diaz, nascido em Havana, Cuba, em 12 de janeiro de 1940. Filho de uma dona de casa e de um funcionário de um cassino. Enrique, desde jovem, sempre foi conhecido por suas posições de extrema direita. Em 1957, ninguém ficou surpreso quando ele se alistou, com apenas dezessete anos, nas forças leais ao governo do General Fulgêncio Batista. Após a derrota das forças do General Batista pelo exército revolucionário liderado por Fidel Castro, em janeiro de 1959, Enrique Diaz fugiu para os Estados Unidos. Nos anos sessenta, ele circulou principalmente nos Estados do sudeste dos EUA, onde, perseguindo as suas posições de extrema direita e anticastristas, ficou conhecido no submundo do crime como idealizador e responsável por diversos campos clandestinos de treinamento para dissidentes cubanos. Nestes locais, os cubanos anticastro, exilados nos EUA, recebiam treinamento militar com armamento de verdade. Através destas atividades, Enrique Diaz firmou vínculos com o crime organizado americano.

— Já ouvi dizer que estes campos funcionavam com o apoio velado da CIA e do FBI — Paulo falou. — Lembra da Baía do Porcos?

— Lembro sim, está tudo inter-relacionado — Miguel falou e prosseguiu: — Durante os anos sessenta e no início dos setenta, Enrique Diaz, em função de suas atividades, acumulou uma lista grande de acusações criminais, que vão desde tráfico de armas e pessoas até múltiplos homicídios. Apesar da multiplicidade e da gravidade das acusações, ele conseguiu multiplicidade e da gravidade das acusações, ele conseguiu se safar relativamente ileso de todas elas, principalmente pela ação de advogados criminalistas de primeira linha, provavelmente pagos pelo crime organizado. Novamente há um grande hiato na história, que abrange, sobretudo, o final dos anos setenta. A última entrada da ficha diz apenas que ele passou a viver no Brasil a partir dos anos oitenta, onde não parece desenvolver atividades criminais, tendo adotado o nome falso de Salvador Cruz.

– Uma grande figura... – Paulo disse.

– Sem dúvida – Miguel falou. – O que podemos depreender de tudo isso?

– Acho que essas informações, quando reunidas, nos permitem algumas especulações – Paulo falou, pensou por um instante, organizando as coisas em seus devidos lugares. Por fim, disse: – O senhor Siegfried e Michael Rothschild eram parceiros de negócios na All American Company. Alexei Demochev trabalhou para essa empresa. É lícito pensar que todos os três se conheciam. Em algum momento, no decorrer dos anos setenta, os três tiveram problemas graves com a justiça, pois foram investigados por um comitê do senado americano. Presumivelmente, a natureza do problema judicial foi a mesma para os três e, também provavelmente, envolvia as suas atividades de trabalho, já que a empresa em que trabalhavam é um ponto em comum óbvio entre eles. O desfecho dessas questões judiciais foi distinto para cada um deles: Michael Rothschild teve problemas maiores, o senhor Siegfried saiu aparentemente ileso, e quanto a Demochev, simplesmente não sabemos. É possível que algo que ocorreu nesse desfecho tenha provocado a ruptura entre eles.

Miguel entrou no raciocínio:

– Algo como o senhor Siegfried fazendo algum tipo de acordo com alguém que salva a sua pele e frita os seus amigos?

— É algo assim... — Paulo falou para si mesmo, enquanto tentava digerir as consequências daquela linha de lógica.

— Objetivamente, sabemos que Demochev está envolvido tanto com as abduções quanto com o sumiço de José Luis. Ele trabalhou para a All American Company, empresa que recentemente instalou-se no país. E se ele ainda trabalha para a mesma empresa? — Miguel ponderou.

— É bem possível. Assim sendo, o seu interesse em José Luis poderia ser explicado como uma forma de intimidação ao senhor Siegfried — Paulo concluiu.

Miguel mostrou, na tela do computador, as duas fotografias em alta resolução de Alexei Demochev que haviam sido enviadas junto com o e-mail. O rosto estampado nelas era impressionante. Demochev tinha a pele muito branca, parecia um fantasma. Seus olhos verdes claros inquisitivos e suas feições ossudas e grosseiras não ajudavam a melhorar a impressão geral, que era a de um indivíduo sinistro e desprovido de qualquer emoção. Paulo lembrou-se de que teria, em algum momento, de cumprimentar o desenhista da polícia, pois os desenhos que havia feito eram retratos impressionantemente precisos das feições reais de Alexei Demochev.

Miguel afastou-se da tela do computador e ficou pensativo, com o olhar distante. Por fim, falou:

— Tem algo mais me incomodando nisso tudo. Eu ia comentar antes, mas não houve tempo.

— E o que é? — Paulo perguntou.

— Depois da reunião com o chefe, apenas por curiosidade, pesquisei na Internet sobre Khaled Nassar, aquele sujeito que incluímos no pedido de informações ao FBI — Miguel falou.

— E...? — Paulo perguntou.

– Foi um pouco difícil descobrir, mas acabei encontrando, em um *site* de notícias, informações a respeito dele. Ele está detido, há mais de um ano, na prisão americana de Guantánamo, em Cuba – Miguel respondeu. – Isso significa que os americanos não teriam por que ter interesse nele, pois o sujeito já está preso. O que é que isso tudo significa?

Paulo ponderou por um instante e disse:

– Significa que fomos presenteados com essas informações do FBI. Quem nos "serviu" com esses dados tem interesse no que estamos investigando. Nada ocorre por acaso.

– E quem seria, e que interesses essas pessoas teriam na nossa investigação? – Miguel perguntou, perplexo.

– Não faço ideia – Paulo respondeu.

O telefone na mesa de Paulo tocou. Era Marcos, da perícia, avisando que o estagiário estava trabalhando no *site* e já havia sido capaz de determinar que o sistema de segurança empregado era bastante comum. Ele esperava obter um acesso em até de quatro horas, se não surgissem complicações, e também explicou que, como agora passaria a monitorar o servidor que hospedava o *site*, se algum usuário legítimo entrasse no *site* e ao sair, simplesmente fechasse o seu navegador ou desligasse o seu computador, não usando a opção de *log off*, isso criaria uma via de entrada mais fácil, que ele exploraria para entrar antes do prazo estipulado.

***

Eram seis horas da tarde e eles haviam gasto as últimas horas lidando com a papelada que havia sido gerada nos últimos dias de investigação. Marcos, da perícia, aproximou-se deles e avisou que o estagiário estava prestes a entrar no *site*. A informação despertou-os prontamente do estado de torpor em que se encontravam, por terem mergulhado, por tanto tempo, no trabalho burocrático.

Na sala da perícia, foram acomodados um de cada lado do estagiário, que parecia hipnotizado pela tela do computador, tendo sido capaz apenas de produzir um grunhido baixo ao cumprimentá-los. Perceberam que o rapaz não tinha mais que dezesseis anos de idade.

– Pronto, é isso – falou, com um ar triunfante.

Subitamente a tela do computador passou a exibir a página inicial do *site ward43orphans.com*. Para a surpresa dos detetives, a página estava exibindo a fotografia de um enterro, em um local arborizado, ocupando mais da metade da tela. A legenda abaixo dizia, em inglês: "Toda a comunidade dos Órfãos da Enfermaria 43 regozija-se ao ver partir deste mundo Enrique 'El monstro' Diaz".

– Parece que o nosso homem não era exatamente uma figura popular – Miguel falou.

– Prossiga – Paulo disse ao rapaz, que clicou em um *link* que remetia à próxima página.

A segunda página parecia mais como uma página inicial, contendo diversos *links*, textos e figuras. No geral o *site* passava a ideia de que era confeccionado para uso exclusivo de uma comunidade específica, que parecia ter em comum familiares com certas condições médicas, principalmente psiquiátricas, com graus variados de comprometimento físico e mental. Havia *links*, por exemplo, que remetiam a textos sobre autismo e esquizofrenia catatônica. Outro exibia um texto, assinado por um médico, sobre os cuidados necessários com pacientes que ficam permanentemente acamados, dando ênfase na prevenção e no tratamento das úlceras de decúbito. Um *link* remetia a fóruns de discussão e ainda outro mostrava como entrar em contato com membros da comunidade. Em nenhum local havia alguma explicação exata do que se tratava a comunidade e qual a natureza dos problemas de saúde que pareciam acometer os seus membros.

Paulo pediu ao rapaz para seguir o *link* que dizia "comunidade". A página exibia uma lista de endereços reais ou de e-mail, de pessoas em pelo menos dez países. Havia cerca de noventa endereços listados, a vasta maioria nos EUA, e um número razoável no México. Nos demais países, todos na América Latina, apareciam um ou no máximo dois contatos. Eles lamentaram a ausência de contatos listados no Brasil. No final desta página existia ainda outro *link* denominado apenas de "obituário". Nesta página havia uma lista de participações de falecimento, semelhante a uma seção equivalente de um jornal, com um título no topo, que dizia simplesmente: "Membros da comunidade que partiram". Os anúncios variavam de muito sumários, quando continham apenas o nome do falecido, até os mais elaborados, que registravam, adicionalmente, o nome dos familiares que haviam publicado o anúncio. Estavam organizados em ordem cronológica, dos mais recentes para os mais antigos. Os mais antigos datavam de 1999, provavelmente quando o *site* entrou no ar. Existiam, entretanto, anúncios mais antigos que não estavam organizados em ordem cronológica, e sim em ordem alfabética pelo sobrenome.

Baseado em sua intuição, Paulo pediu que o estagiário corresse pelos anúncios mais antigos, até a letra "M". Seus olhos vasculharam a tela, até que se fixaram no que estava procurando. Ele abriu o seu bloco de anotações, conferiu uma entrada que fizera enquanto entrevistava dona Gertrudes, a babá de José Luis, e só depois leu em voz alta:

– Os pais, José Henrique e Marfisa Marcon, participam o falecimento da sua sempre amada filha, Elizabeth Marcon, ocorrido em 24 de junho de 1983, em São Paulo.

– Quem é? – Miguel perguntou.

– A esposa do senhor Siegfried. Este é o nome de solteira dela – Paulo respondeu. – Gertrudes, a babá, diz que os pais tentaram encaminhar a filha para tratamento médico, mas foram impedidos pelo senhor Siegfried. Ele só deixava os seus médicos aproximarem-se dela.

– Por isso usaram o sobrenome da família. Aposto que eles abominavam o senhor Siegfried – Miguel falou.

– Aposto que sim – Paulo completou.

O celular de Paulo vibrou em seu bolso. Afastou-se para atender à ligação, que era de um número que não lhe pareceu familiar de imediato. A ligação era de Orfeu Ortiz. Ele disse que havia feito algumas associações interessantes e gostaria de encontrar-se com eles. Desta vez, porém, a conversa teria que ser em um local mais discreto. Orfeu pediu que eles identificassem o carro que usariam e os encontraria em uma rua calma, no bairro de Higienópolis, em quarenta minutos. Paulo avisou Miguel e ambos dirigiram-se para as suas mesas para pegar a chave do carro e seus casacos. Antes de partir, pediram ao estagiário que fizesse cópias *off-line* do conteúdo do *site* e que as mantivesse guardadas em local seguro.

Ao chegarem em suas mesas depararam-se com a figura de Lúcia Costa, a auxiliar de enfermagem da Clínica Casa da Montanha, que estava aguardando por eles. Ela tinha uma aparência ainda mais exausta e preocupada que a da última vez que eles a viram.

– Lúcia? Boa noite. – Paulo falou, aproximando-se. – O que houve?

– O meu marido quer me matar, por tê-lo feito me trazer até aqui em um sábado à noite, com esta chuva – ela falou. – É que a história toda não me sai da cabeça, fico pensando sem parar na noite em que José Luis desapareceu. Vocês me disseram para tentar lembrar de qualquer detalhe, por mais insignificante que fosse. Nesta manhã, subitamente, uma coisa me veio à cabeça. Eu sei que é bobagem, mas não consigo parar de pensar nisso. Então liguei para cá para ver se vocês trabalhariam hoje e, quando me disseram que sim, infernizei o meu marido até que ele me trouxesse.

– E o que foi, Lúcia? – Miguel perguntou.

– Houve, sim, um detalhe fora da rotina naquela noite – ela falou. – O serviço de lavanderia estava sendo feito, excepcionalmente, por uma empresa de fora, já que a nossa única máquina de lavar roupas quebrou na sexta-feira passada.

– E como as roupas estavam sendo lavadas neste período? – Miguel perguntou.

– Um funcionário de uma empresa terceirizada passava pelas enfermarias com um *hamper* onde ele colocava as roupas sujas. Eu mesma o vi na madrugada em que José Luis sumiu.

– Você poderia descrevê-lo? – Paulo perguntou.

– Nem pensar, eu nem reparei na sua presença naquele momento, pois não é fora do comum, já que toda a noite um funcionário faz isso. A diferença é que, durante esses dias, o serviço foi feito por esta empresa de fora.

– O que é um *hamper*? – Paulo perguntou.

– É algo que se usa em um hospital ou clínica, serve para colocar roupas sujas e é basicamente um grande saco de tecido, montado sobre um jogo de rodinhas – Lúcia respondeu.

Com essa última peça de informação, os circuitos cerebrais de ambos foram congestionados com associações diversas, que levaram, por sua vez, a uma única possibilidade perturbadora.

– Obrigado Lúcia, você pode ter nos ajudado muito – Paulo falou. – É muito importante que você não comente isso com absolutamente ninguém.

Despediram-se de uma Lúcia Costa visivelmente mais leve. Quando ela desapareceu no elevador, Paulo falou:

– Precisamos ir atrás disso, agora – Paulo falou.

– Concordo. Eu vou até lá e você encontra Orfeu Ortiz, que tal? – Miguel falou.

– Combinado.

Miguel preparava-se para sair, quando Paulo perguntou:

– Até que horas você revisou as fitas do CFTV?

– Como o desaparecimento de José Luis foi reportado por volta das quatro horas da manhã, assisti as fitas até cerca de cinco horas, pois presumi que os sequestradores não poderiam ter ficado invisíveis no terreno da clínica por tanto tempo, após terem José Luis com eles.

– Pois eu acho que é exatamente isso que eles fizeram – Paulo falou.

Vinte minutos mais tarde, Paulo estava dentro do seu carro, estacionado em uma rua calma do bairro de Higienópolis. Tinha dificuldade de ver ou ouvir o que se passava lá fora, pois uma chuva torrencial caía, criando uma cachoeira que descia pelo para-brisa e gerando ruídos intensos quando cada um dos incontáveis pingos grossos atingiam o teto do carro. A temperatura caíra vertiginosamente e Paulo viu-se tremendo dentro do carro. Como a rua estava, em função da hora e do tempo, totalmente deserta, foi fácil identificar uma figura desajeitada aproximando-se. O limpador de para-brisa precisou de três passadas para liberar a água que fluía e permitir a Paulo que identificasse a figura ensopada de Orfeu Ortiz, tentando aproximar-se do carro. Abriu a porta do carona e ele entrou.

– Boa noite! – Orfeu falou, secando o rosto com as mangas. Ele carregava, protegida pelo casaco, uma pasta antiga de papelão.

– Boa noite. Do que se trata, Orfeu? Eu deveria estar acompanhando o meu parceiro em uma situação nova e importante que acabou de surgir – Paulo falou.

– Fiquei com uma questão na cabeça desde a nossa conversa de hoje de manhã – Orfeu falou.

– Qual foi o motivo da investigação do Comitê Church, envolvendo o senhor Siegfried e Michael Rothschild – Paulo falou.

– Exato – Orfeu falou. – Estive o dia todo em uma sala de arquivos que tenho em casa. Nela, tenho pilhas de anotações feitas à mão, recortes de jornal e documentos diversos, todos anteriores ao advento do computador.

– Antes que você prossiga, eu preciso dizer que não estou entendendo o seu papel nisto tudo – Paulo falou. – Você nos procura pela manhã e oferece o seu *expertise* em assuntos que para nós seriam realmente complicados. Aí, como se não bastasse, no mesmo dia, você me diz que tem ainda mais a oferecer. O que você quer?

Orfeu pensou por um instante e disse:

– Eu quero o que todo o jornalista quer. Mas isso não é o que importa agora.

– E o que é que importa? – Paulo perguntou, quase irritado.

– O importante é que vocês poderiam obter informações de verdade.

– Como assim?

– Informações de um tipo que eu não conseguiria, por mais que pesquisasse, entregar a vocês.

Paulo ficou em silêncio, enquanto seu cérebro processava esse último intercâmbio de palavras.

Repentinamente, a realidade da situação tornou-se clara.

– Você está tentando me fazer uma oferta? – Paulo perguntou.

Silêncio.

– Que bom que alguém ainda é capaz de falar através de sutilezas – Orfeu respondeu e continuou antes que Paulo pudesse responder. – Ontem à noite fui procurado por uma pessoa, uma moça. Eu não a conhecia, e nem o grupo de pessoas a quem ela diz representar.

Paulo suspirou e por fim disse:

– Isso explica a sua entrada súbita em nosso caso.

Orfeu assentiu.

– E o que ela quer de nós? – Paulo perguntou, perplexo agora que a sua intuição o havia levado novamente a um mundo desconhecido.

– Ela quer ajudar na sua investigação, fornecendo informações que ninguém mais tem – Orfeu respondeu.

– E o que ela quer em troca? – Paulo perguntou.

– Ela tem um interesse imenso e urgente em um item que está em sua posse, armazenado como evidência em sua investigação. – Orfeu respondeu.

Paulo não precisou pensar para saber o que era: o cubo de metal escuro encontrado dentro da van.

– E o que ele faz? – Paulo perguntou.

– Ela não me disse – Orfeu respondeu.

– Que garantias tenho de que ela tem mesmo informações relevantes? – Paulo perguntou.

– Nenhuma – Orfeu respondeu.

– Você quer que eu cometa uma infração gravíssima ao entregar uma evidência catalogada em um caso, para uma pessoa que você não sabe ao certo quem é, e que, por sua vez, não oferece nenhuma garantia em troca. Qual é, Orfeu? – Paulo falou.

– É basicamente isso – Orfeu concluiu.

Um silêncio instalou-se e foi interrompido pelo som ensurdecedor de um trovão.

– Na verdade, ela me disse para oferecer algo a vocês – Orfeu falou. – Ela disse que poderia explicar exatamente que tipo de procedimento médico foi feito em Teresa Aparecida que a deixou naquele estado.

Paulo não respondeu. Estava em silêncio tentando ouvir os seus instintos, que pareciam atordoados, desorientados pelo barulho do temporal. Ele sabia que eles, seja quem quer que fossem, sabiam de algo, pois conheciam Teresa Aparecida e mencionaram que um suposto experimento havia sido feita com ela. Paulo tinha certeza de que a moça que procurara Orfeu Ortiz com esta oferta era a mesma que eles tinham visto no Instituto Psiquiátrico Municipal e que havia procurado algumas das vítimas do caso das abduções.

– Preciso pensar, mas mesmo que quisesse, eu não teria poderes para aceitar uma proposta assim – Paulo falou.

– Ela me disse que a sua reação seria esta e também me instruiu para lhe dar até o amanhecer para tomar uma decisão. Também enfatizou que você pode falar sobre isso com o seu chefe, para que, caso aceite a proposta, você não seja prejudicado no futuro – Orfeu falou.

Paulo pensou por um instante e por fim falou, surpreendendo-se com a sua sentença:

— Me dê algumas horas.

— Naturalmente.

Mais um período de silêncio enquanto Paulo ponderava no que acabará de dizer: ele consideraria seriamente aceitar uma proposta assim?

— E quanto às suas descobertas? — Paulo falou, mudando de assunto.

Orfeu abriu uma pasta de plástico muito antiga e usada, que continha inúmeras folhas soltas com anotações feitas à mão, em uma caligrafia tão ininteligível, que mais se pareciam com hieróglifo. Paulo percebeu que eram anotações que ele fazia na rua e em locais públicos, improvisadamente. Havia, inclusive, rabiscos em guardanapos de cafés e restaurantes. Todas as folhas tinham um aspecto amarelado, indicando que eram muito antigas.

Ele separou da pilha um guardanapo forrado de anotações e disse:

— Quando estava exilado em Washington eu tinha um grande amigo e colega jornalista, chamado Ruppert Ness. Ele era uma figura e tanto. Se você acha que sou polêmico e escrevo coisas que incomodam as pessoas, precisava então ver os artigos que Ruppert escrevia. Ele era muito inteligente e um grande jornalista. Éramos bons amigos — Orfeu falou.

— Eram? — Paulo perguntou.

— Chegarei lá — Orfeu falou e prosseguiu: — Ruppert escreveu por muito tempo para o *The Washington Post*, até que seus artigos começaram a incomodar gente muito grande e ele foi despedido. Ele passou, então, a escrever em jornais pequenos da imprensa marrom e em diversas publicações fora da mídia *mainstream*. Um dos tópicos que fascinavam Ruppert eram as atividades do Comitê Church.

Paulo ajeitou-se no banco do carro, pressentindo que finalmente Orfeu estava chegando a algum lugar.

– O que ele descobriu? – Paulo perguntou.

– Ruppert era uma pessoa extremamente bem relacionada e tinha contato com todo o tipo de gente, em todos os lugares, incluindo o meio político, judiciário e, é claro, na mídia. Ele conseguia colher informações com todos, desde o faxineiro do congresso até o próprio congressista em pessoa. Era o seu talento, as pessoas sempre acabavam revelando um pouco mais do que gostariam quando conversavam com Ruppert – Orfeu falou, fez uma pausa, baixou a cabeça e completou: – Acho que isso também acabou tendo relação direta com o seu fim.

Orfeu continuou:

– De qualquer forma, a sua ampla rede de informantes o colocou em uma posição privilegiada para levantar algumas informações muito sensíveis, relacionadas com as atividades do Comitê Church – Orfeu falou e entregou o guardanapo cheio de anotações para Paulo. O guardanapo era de um local chamado Riverside Café, Washington, D.C.

Antes que Paulo pudesse perguntar qualquer coisa, Orfeu continuou a sua narrativa:

– Eu me lembro deste dia, era uma terça-feira à noite, em janeiro de 1976, e fazia um frio terrível. Ruppert me ligou e disse para encontrá-lo neste café, porque tinha algumas coisas incríveis para me falar. Contou que estava juntando um material fantástico sobre um projeto infame da CIA, que incluía o envolvimento de duas figuras empresarias proeminentes nos EUA: Michael Rothschild e Siegfried Krejci.

– Krejci? – Paulo perguntou.

– O sobrenome da família do senhor Siegfried, vindo da Tchecoslováquia, certamente não é Maximiliano – Orfeu falou.

— Estou perdido, Orfeu, do que estamos falando? — Paulo perguntou.

— Você já ouviu falar do projeto MK-ULTRA? — Orfeu perguntou.

Paulo deu de ombros.

— Está é a denominação de um projeto secreto da CIA, que tinha como objetivo final o estudo de métodos para o controle da mente humana. Por volta de 1975, o projeto estava sendo investigado pelo Comitê Church, sob inúmeras acusações, as mais graves referentes à realização de experiências com seres humanos, sem consentimento, e frequentemente com graves consequências para os indivíduos testados. A investigação nunca foi adiante, pois, em 1973, a documentação do projeto MK-ULTRA havia sido ilegalmente destruída por ordem do então diretor da CIA, Richard Helms. Ruppert descobriu, não sei como, que Michael Rothschild e o senhor Siegfried estavam envolvidos no projeto e que foram citados nas investigações.

— É uma história muito difícil de engolir, Orfeu. Controle da mente, isso não existe — Paulo falou.

— Não mesmo? Como podemos saber? Você está pensando em algo como vemos nos filmes: pessoas que viram zumbis ou fantoches ao terem as suas mentes controladas. Talvez essas pessoas estejam pensando em algo mais sutil e, potencialmente, muito mais perverso, como, quem sabe, fazer com que as pessoas comprem uma marca de refrigerante ao invés da outra. Será assim tão absurdo neste mundo em que vivemos?

A mente de Paulo começou a funcionar em uma rotação perigosamente alta.

— Ruppert ficou obcecado com a história, continuou investigando e me disse que estava reunindo material para um livro no qual ele implicaria Michael Rothschild, o senhor Siegfried e a empresa dos dois, a All American Company, em algo semelhante ao MK-ULTRA – Orfeu falou. – Passamos algum tempo sem nos falar e, em 1978, nos encontramos novamente. Perguntei sobre o seu livro e ele disse que havia desenterrado informações horripilantes sobre o assunto e que estava muito assustado, pois achava que estava sendo seguido e já havia sido ameaçado. Na ocasião, ele me disse que o senhor Siegfried havia feito algum tipo de acordo com a promotoria que o livraria de qualquer problema legal, desde que ele saísse do país. Parece que, como moeda de barganha, ele ofereceu aos promotores informações que complicaram a vida do sócio, Michael Rothschild. Por essa razão é que Rothschild teve problemas maiores e foi por isso também que o senhor Siegfried teve que sair dos EUA. Os detalhes disso tudo, entretanto, Ruppert nunca chegou a me contar.

– O que houve com ele? – Paulo perguntou.

– Algum tempo depois, em 1981, recebi uma ligação do irmão mais novo de Ruppert, dizendo que o senhorio do prédio onde ele morava sozinho havia dito que faziam quatro dias que ele não aparecia. Acionamos a polícia, que levou dois dias para localizar o corpo dele em um parque, nos arredores da cidade. O corpo exibia dois tiros de pistola: um entre os olhos e o outro, no tórax, na altura do coração.

– Ele foi executado, serviço profissional – Paulo falou, sabendo que enunciava o óbvio.

Orfeu assentiu.

– Um mês depois, recebi em casa uma carta sem remetente, que continha um cartão com a caligrafia de Ruppert e uma chave de um cofre de banco. No cartão havia apenas uma frase com o nome do banco e o número do cofre. Fui até lá e encontrei o cofre vazio. O funcionário do banco me disse que, alguns dias atrás, uma pessoa havia estado lá com uma chave que parecia autêntica e tinha esvaziado o conteúdo do cofre – Orfeu falou.

— E você acha que neste cofre estava o material do livro que o seu amigo estava escrevendo — Paulo falou.

— Acredito que sim e também acho que ele queria passar o material para mim, pois sabia que estava marcado para morrer. Como eu também era jornalista, transmitir as informações para mim era uma maneira de tentar manter a história viva, seja ela qual fosse.

— E porque você não mencionou essas coisas hoje pela manhã? — Paulo perguntou.

— Achei que eram tópicos que só deveriam ser abordados em um ambiente muito discreto e, ademais, eu realmente precisava recorrer às minhas anotações sobre o assunto para trazer de volta os detalhes. Deve lembrar que isso tudo aconteceu há cerca de trinta anos — Orfeu respondeu.

— E quanto à expressão "Órfãos da Enfermaria 43", você descobriu o que pode ser? — Paulo perguntou.

— Pesquisei em minhas anotações e não achei nada. Não faço ideia do que seja — Orfeu respondeu.

—Eu preciso ir, Orfeu. O meu parceiro pode estar precisando de mim — Paulo falou.

— Eu entendo. Espero ter ajudado e fico aguardando o seu contato — Orfeu falou, protegeu a sua pasta dentro do casaco, saiu do carro e desapareceu no meio do temporal.

Paulo pegou imediatamente o seu celular e olhou a hora: oito horas e dez minutos. Ligou para Miguel que já estava na clínica. Ele disse que, como era sábado à noite, nem o Dr. Carvalho, nem o Chefe da Segurança estavam lá. Miguel tinha mandado chamá-los imediatamente em casa, mas como ambos moravam em São Paulo, levariam pelo menos uma hora para chegar. Miguel estava conversando com o funcionário da limpeza de plantão. Contou, rapidamente, que ele confirmara que, no início da semana, a clínica havia usado um serviço terceirizado de lavanderia, pois na sexta-feira anterior, a máquina de lavar roupas industrial havia quebrado. A empresa tinha sido contratada na segunda-feira pela manhã.

Paulo falou que Orfeu Ortiz tinha feito revelações perturbadoras sobre o passado do senhor Siegfried e ainda sobre Michael Rothschild. Teve que comentar, mesmo que por telefone, sobre a oferta que havia sido feita, usando Orfeu Ortiz como intermediário. Miguel mostrou-se mais pragmático e disse que talvez a transação valesse o risco. Ambos concordaram que deveriam ligar para o chefe, que estava passando o final de semana em Campos do Jordão. Combinaram que Miguel ficaria na clínica e Paulo iria até lá.

Depois de desligar, Paulo fez outra ligação, dessa vez para o chefe. Ele demorou a atender e não pareceu nada feliz ao telefone. Paulo explicou a oferta que havia sido feita e falou da forma como as pessoas que a fizeram pareciam possuir algum conhecimento mais profundo sobre o assunto. Comentou também que o dispositivo, o objeto da troca, não tinha sido identificado e nem tido a sua finalidade determinada, nem mesmo pelo pessoal de informática da USP. Paulo argumentou que este fato acabava por reduzir a sua utilidade, já que, como não sabiam do que se tratava, simplesmente não sabiam como usá-lo como prova. O chefe pareceu escandalizado com a proposta e contra-argumentou, dizendo que poderiam vir a descobrir o que era e, portanto, saberiam como usá-lo. Além disso, o principal era que não teriam como saber se as pessoas que haviam feito esta proposta eram de confiança e que se trataria de uma violação grave às regras. Paulo concordou e disse que não seria uma decisão fácil. Combinaram de pensar no assunto por mais algumas horas e então voltar a se falar.

Eram oito horas e trinta minutos quando Paulo deu a partida no carro e saiu em direção à Cotia. A chuva havia diminuído um pouco de intensidade, de torrencial para um temporal comum. Mesmo assim, o limpador de para-brisa teve de lutar furiosamente para tentar abrir caminho através da cortina de água que havia no vidro dianteiro.

A autoestrada estava perigosamente vazia. Paulo dirigiu com atenção dobrada, pois estava com o corpo cansado do dia de trabalho e com a mente confusa, transbordando com informações novas. Considerou que, se aceitasse tomar como verdadeira uma peça de informação improvável e totalmente fantástica, que era a menção desse projeto MK-ULTRA, a realidade dos dois casos que estavam investigando, o das abduções e do rapaz desaparecido, poderiam começar a fazer sentido. Discutiria com Miguel, assim que tivesse a oportunidade.

A área de serviço da Clínica Casa da Montanha era ampla e incluía o setor de lavanderia, equipado com uma única grande lava-roupas industrial, duas secadoras de roupas e uma área para passar e guardar a roupa limpa. Também havia armários para armazenar a roupa limpa que não seria usada, além de um local com cestos plásticos grandes para serem depositadas as roupas sujas que eram trazidas das enfermarias. Paulo reparou que esses cestos estavam cheios e presumiu que isso se devesse ao fato de que a lava-roupas não estava mais inoperante. Ele também percebeu um saco grande de tecido, montado sobre uma estrutura metálica com rodinhas. O *hamper*, pensou. Na mesma área física também estavam estocados produtos de limpeza e, em uma das extremidade do ambiente, era possível ver carrinhos de limpeza estacionados. O recinto abria-se, através de um passagem ampla, para a saída de serviço da clínica, que ficava voltada para os fundos da propriedade e dava diretamente para o jardim.

Paulo encontrou Miguel na companhia de três pessoas: o Dr. Carvalho, o Chefe da Segurança e outro homem que ele não reconheceu, mas presumiu tratar-se do funcionário da limpeza de plantão, com quem Miguel já havia falado. Estavam à sua espera. Paulo cumprimentou a todos e falou:

– Boa noite. Peço desculpas se tiramos vocês de casa em um sábado à noite, mas pelo que entendo houve uma falha grave na segurança e, pior, ela não nos foi informada no início das investigações.

– Achamos que... – O Chefe da Segurança falou, mas foi interrompido por um Dr. Carvalho visivelmente aborrecido.

– Agora é tarde para desculpas. Deixe os detetives fazerem as suas perguntas.

– Queremos saber, em detalhes, as circunstâncias ao redor da falha da máquina de lavar roupas – Paulo falou.

O Chefe da Segurança e o funcionário da limpeza entreolharam-se, tentando decidir quem deveria ser o autor do relato. Por fim o Chefe da Segurança decidiu que a responsabilidade era dele e, como o Dr. Carvalho já havia deixado claro, era muito tarde para consertar as coisas.

– A nossa rotina para processar a roupa suja é bastante simples e depende desta máquina de lavar roupas industrial, de boa capacidade e que nunca nos deixou na mão – o Chefe da Segurança falou. – Pode parecer pouco, apenas uma única máquina, mas somos uma clínica de longa permanência e com apenas vinte e oito leitos.

– E como a roupa suja chega até aqui? – Miguel perguntou.

– No final da madrugada, ou no início da manhã, um funcionário passa de quarto em quarto, recolhendo a roupa suja que fica em um cesto no banheiro dos quartos.

– O que houve de diferente no final da semana passada? – Paulo perguntou.

– Na sexta-feira retrasada, no final da tarde, a máquina pifou – o Chefe da Segurança respondeu. – Inspecionamos a máquina e vimos que uma chave de fenda dentro do tambor de lavagem tinha provocado a quebra do mecanismo interno do motor.

— E vocês não acharam estranho encontrar uma chave de fenda dentro da máquina? — Miguel perguntou.

— Na verdade, não — ele respondeu. — A máquina também lava os uniformes dos funcionários, incluindo os macacões do pessoal da manutenção, e não é raro esquecerem todo o tipo de coisa nos bolsos.

— Alguém estranho ao ambiente de trabalho esteve aqui naquela sexta-feira? — Paulo perguntou.

— Acho que não... — o Chefe da Segurança falou e foi interrompido novamente, desta vez pelo funcionário da limpeza.

— Na verdade, houve uma pessoa naquela sexta-feira à tarde — ele falou.

Os olhos voltaram-se para o funcionário da limpeza.

Paulo sinalizou para que ele prosseguisse.

— Um fiscal da vigilância sanitária do município esteve aqui, fazendo uma inspeção nas instalações da clínica — ele falou.

Paulo e Miguel olharam fixamente para o Chefe da Segurança que, a essas alturas fitava o chão com a mão na boca. Ele ergueu o olhar para os detetives e era possível dizer que o homem já percebera o tamanho de sua falha.

— É verdade. O homem esteve aqui naquela sexta-feira à tarde — ele falou resignado.

— E esteve acompanhado durante toda a sua visita às instalações da clínica, eu presumo — Paulo falou, já sabendo a resposta.

— Na verdade, não. Estávamos todos muito ocupados preparando tudo para o final de semana. Ficamos aliviados quando ele disse que não queria incomodar e que apenas daria uma olhada nas coisas rapidamente e depois iria embora. Ele era muito educado e bem vestido, portanto, ficamos todos à vontade em deixar ele andando por aí – o funcionário da limpeza falou.

– Algum tempo depois que ele foi embora, a máquina de lavar roupas tornou-se inoperante por uma chave de fenda deixada no interior da câmara de lavagem – Miguel falou, resumindo os fatos até então.

– Correto – o Chefe da Segurança falou, reticente.

– E depois? – Miguel perguntou.

– Passamos o final de semana com a roupa suja se acumulando nestes cestos plásticos. Na sábado pela manhã, um funcionário da manutenção ligou para a assistência técnica da lava-roupas que disse que só poderia mandar alguém para vê-la na terça ou talvez na quarta-feira – o Chefe da Segurança falou.

– Na segunda-feira, na primeira hora da manhã, uma empresa ligou oferecendo serviços de lavanderia terceirizados. Como estávamos desesperados e com a roupa suja acumulando-se, acabamos por aceitar provisoriamente os serviços, até que pudéssemos consertar a lava-roupas.

– E vocês não perceberam a falha grave na segurança que isso tudo representava? – Miguel falou severamente.

– Era apenas uma empresa de lavanderia. E ninguém tinha sumido ainda – o Chefe da Segurança falou.

– E por que vocês não nos falaram isso no primeiro dia? – Paulo perguntou.

– Realmente não achamos que fosse relevante – Dr. Carvalho falou, entrando na conversa agora que ele começava a perceber que os erros cometidos poderiam respingar nele.

– Nós decidimos o que é relevante na investigação – Paulo falou energicamente. – Perguntamos diversas vezes se houve algo fora da rotina naquele dia.

Houve um instante de silêncio e então Miguel decidiu prosseguir:

— Fale-nos sobre esta empresa.

— Eles se apresentaram prontamente, ainda na segunda-feira pela manhã, e disseram que poderiam iniciar o serviço imediatamente – o Chefe da Segurança falou. – Eram três homens educados e devidamente uniformizados. Um deles era o chefe e os outros dois eram ajudantes. O chefe deles tratou rapidamente com alguém da administração sobre os preços do serviço. Um funcionário da administração nos disse que estava tudo certo e que o serviço havia sido contratado por dois dias. Depois disso, mostramos aos funcionários onde buscar a roupa suja nos cestos nos quartos e eles iniciaram o trabalho. Disseram que levariam a roupa suja que já estava lá e que voltariam à noite para trazer de volta a roupa limpa e apanhar mais roupa suja. Na terça-feira, repetiriam a rotina.

— E eles tiveram acesso aos quartos dos pacientes? – Paulo perguntou, atônito.

O Chefe da Segurança pensou por um momento e disse, como se estivesse confessando um crime hediondo:

— Sim.

— Como eles levavam a roupa suja embora? Que veículo eles tinham? – Miguel perguntou.

— Tinham o próprio *hamper* deles, que era bem grande. Eles carregavam a roupa em uma van branca, que eu não me lembro do modelo – o Chefe da Segurança respondeu.

Paulo e Miguel entreolharam-se novamente.

— Nós nunca imaginamos que eles poderiam ser um problema, principalmente quando eles retornaram com a roupa devidamente limpa, no mesmo dia – Dr. Carvalho falou.

– E vocês não estranharam quando eles não retornaram, depois da terça-feira de manhã? – Miguel perguntou.

– Na terça-feira pela manhã, recebemos a visita da assistência técnica da lava-roupas. O técnico disse que o problema era relativamente simples e que voltaria à tarde com a peça para reposição e entregaria a máquina funcionando no mesmo dia. Frente a isso, mandamos um e-mail para a empresa de lavanderia e cancelamos o serviço. O que houve de estranho é que a última leva de roupas sujas que foi com eles, no início da manhã de terça-feira, não foi devolvida.

Miguel sacudiu a cabeça indignado.

– Como era feito o contato com essa empresa? – Paulo perguntou.

– Eles só nos deram um endereço de e-mail – o Chefe da Segurança falou.

Paulo pensou por um momento e disse:

– Quando poderemos reunir todos os funcionários que tiveram contato com estes três homens e com o suposto fiscal do município? – Paulo perguntou.

– Apenas na segunda-feira, porque o pessoal administrativo não faz plantão de final de semana – Dr. Carvalho respondeu.

Paulo pensou em dar vazão à sua indignação e mandar chamar a todos naquele momento, mas cedeu ao impulso, pois àquela hora as testemunhas viriam descontentes e, portanto, menos colaborativas. Naquele horário, também não disporiam do desenhista da polícia para trabalhar na descrição dos suspeitos. Paulo decidiu seguir no caminho em que já estavam.

– Precisamos revisar as imagens do CFTV – Paulo falou.

O funcionário da limpeza foi dispensado e eles seguiram, com o Dr. Carvalho e o Chefe da Segurança, para o posto da segurança no *hall* de entrada. No caminho Paulo perguntou ao Dr. Carvalho sobre a altura e peso de José Luis Maximiliano. O Dr. Carvalho respondeu que José Luis era baixo e, devido ao fato de estar restrito ao leito a tanto tempo, tinha uma perda acentuada de massa muscular. Ele calculava que o paciente não deveria pesar mais do que cinquenta quilos, mas iria conferir no seu prontuário e os encontraria depois.

O Chefe da Segurança ordenou ao funcionário de plantão que colocasse a fita referente à câmara do portão principal, no final da madrugada da terça-feira passada, dia 2 de setembro. A filmagem iniciava às cinco horas da manhã. A câmara enquadrava o portão principal e um pequeno trecho da via que dava acesso ao jardim da clínica. Como não havia absolutamente nenhum movimento, instruíram o funcionário a adiantar a fita. Finalmente, às cinco horas e cinquenta e sete minutos, o portão abriu-se para permitir a passagem de uma van branca. Eles congelaram a imagem no veículo. Paulo conferiu em suas anotações e percebeu que a van não tinha a mesma placa da Fiat Ducatto que eles haviam examinado no depósito municipal. Um detalhe, entretanto, prendeu a atenção dos detetives: a van exibia uma marca familiar no para-choque traseiro, do lado do motorista, que era um conjunto de arranhões, parcialmente preenchidos por uma tinta azul.

Ao perceberem que se tratava da mesma van que eles já haviam examinado, Paulo e Miguel retornaram imediatamente à área de serviço da clínica. Perceberam que as paredes, incluindo a área externa da entrada de serviço, estavam pintadas de azul claro. Eles não tiveram dificuldades para identificar, na área de manobra, um arranhão na parede, que exibia estrias de uma tinta branca. Paulo pediu a Miguel que tentasse a sorte com alguém da perícia para recolher uma amostra de tinta do arranhão. Miguel afastou-se para fazer a ligação.

Nesse momento, o Dr. Carvalho retornou e disse:

– O último peso registrado no prontuário de José Luis é de cinquenta e um quilos. Ele media um metro e sessenta e três centímetros.

Paulo ficou em silêncio, absorvendo a informação.

– Vocês não acham realmente que ele foi levado em um *hamper* para roupas, acham? – Dr. Carvalho perguntou.

– Tenho certeza de que foi assim que ele foi levado – Paulo respondeu. – Podemos afirmar isso com o que passamos a saber esta noite. Poderíamos ter sabido disso desde o início, não fosse a maneira negligente com que vocês fizeram os seus relatos.

O Dr. Carvalho apenas deu de ombros. Não havia o que responder.

Miguel retornou, afirmando que conseguira um perito que estava disposto a vir e chegaria em pouco mais de uma hora.

Passavam poucos minutos das onze horas quando o Dr. Carvalho ofereceu aos detetives a ceia que era servida a esta hora no refeitório dos funcionários. Eles aceitaram e liberaram o médico para ir embora.

Paulo e Miguel sentaram-se no fundo do refeitório, que estava praticamente vazio. Ao término da refeição, ambos perceberam como estavam cansados. Miguel levantou-se e retornou com dois cafés fortes.

– O que sabemos? – Miguel falou.

Paulo respirou profundamente e falou:

– Na sexta-feira retrasada, no final da tarde, um homem passando-se por fiscal da vigilância sanitária sabota a única máquina de lavar roupas da clínica. A roupa suja acumula-se ao longo do fim de semana e na segunda-feira pela manhã, providencialmente, uma empresa liga e oferece serviços terceirizados de lavanderia. Eles entram na clínica e passam a conhecer o local e a sua rotina. No final da noite de segunda-feira, um funcionário desta empresa entra no quarto de José Luis e recolhe, além da roupa suja, o próprio paciente. Como o quarto de José Luis é o último do corredor, quando ele chegou até lá o seu *hamper* já estava com uma boa quantidade de roupa suja. Ele colocou o franzino e inerte José Luis, pesando cinquenta e um quilos, no interior do *hamper* já devidamente acolchoado por alguma quantidade de roupas e o cobriu, provavelmente com a roupa suja do seu próprio quarto. Depois ele saiu tranquilamente, arrastando o seu *hamper* até a área de serviço da clínica onde o carregou para dentro da van. O mais ousado é que isso tudo ocorreu em algum momento antes das quatro horas, que foi o horário em que Lúcia Costa entrou no quarto e percebeu o sumiço do paciente. Isso significa que os sequestradores permaneceram na clínica, carregando roupas sujas, mesmo depois que o alerta foi dado e os seguranças esquadrinharam a propriedade. Eles partem com a sua van, levando roupas sujas e José Luis Maximiliano, às cinco horas e cinquenta e sete minutos. Ou seja, mais de duas horas após tê-lo apanhado no quarto.

— Parece, pelo planejamento e pela frieza na execução, serviço profissional. Isso sem falar na logística envolvida: na segunda-feira, eles chegaram a retornar com a roupa limpa. Também acho possível que eles tenham alguém de dentro da clínica fornecendo informações sobre a rotina do lugar — Miguel falou.

— Concordo, é possível — Paulo falou.

— O problema é que sabemos como ele foi levado, mas não temos ideia de como chegar às pessoas que o levaram. Talvez eu seja pessimista, mas não acho que os funcionários serão capazes de descrever nenhum dos suspeitos. A própria Lúcia Costa, que estava na enfermaria e viu um deles, disse que não poderia descrevê-lo. O endereço de e-mail fornecido também certamente não poderá ser rastreado. Novamente, é serviço profissional: as pessoas que o fizeram, mesmo tendo se exposto para executá-lo, dificilmente serão identificadas posteriormente. O máximo que vamos conseguir é algo óbvio: provar que a van que levou José Luis daqui é a mesma que sequestrou Salvador Cruz. Isso é algo de que já desconfiávamos, pela presença de Alexei Demochev nos dois casos – Miguel falou.

– Também acho que não conseguiremos uma descrição dos suspeitos – Paulo falou.

– Permanece, também, a questão mais básica: antes de tudo, por que o rapaz foi levado? – Miguel perguntou.

– Acho que a minha nova conversa com Orfeu Ortiz pode ter lançado uma luz sobre isso. O que sabemos sobre a história do senhor Siegfried é que, provavelmente no início dos anos sessenta, ele iniciou, conjuntamente com um homem chamado Michael Rothschild, negócios que dariam origem, anos mais tarde, a um dos maiores conglomerados empresariais do mundo, a All American Company. Em 1975, os já altamente bem-sucedidos, Michael Rothschild e o senhor Siegfried, são investigados pelo Comitê Church do senado americano. O motivo: envolvimento em um projeto secreto da CIA, chamado MK-ULTRA, cujo o objetivo era a realização de pesquisas para o controle da mente humana. A fonte de Orfeu Ortiz, um amigo jornalista chamado Ruppert Ness, ficou obcecado com a história e passou a investigá-la com o objetivo de escrever um livro sobre o assunto. Segundo ele, a All American Company desenvolvia uma versão própria do MK-ULTRA, com objetivos, ao invés de políticos e militares, simplesmente comerciais. Neste ponto, podemos colocar Alexei Demochev na história, já que sabemos que ele é médico e que não só trabalhou para a All American Company, mas que também teve, em sua trajetória, vínculos com a CIA. Seria possível especular que Demochev, fazendo uso de seus conhecimentos médicos, tomou parte nessas experiências. A ruptura entre o senhor Siegfried e Michael Rothschild ocorreu em função das investigações. Ainda de acordo com o amigo de Orfeu Ortiz, o senhor Siegfried fez, não sabemos por que, um acordo com a promotoria, oferecendo Michael Rothschild e, quem sabe, Demochev também, em troca de salvar a própria pele. Como parte do acordo, o senhor Siegfried teve que deixar os EUA. Michael Rothschild, como sabemos, enfrentou problemas maiores – Paulo falou.

– Você não acredita nesta maluquice, acredita? – Miguel perguntou incrédulo.

– Há vinte e quatro horas eu não teria gasto nem a saliva para fazer este relato que eu acabei de fazer. Neste momento, porém, eu simplesmente não sei. E se for verdade? – Paulo falou.

– E o que houve com o amigo de Orfeu Ortiz? – Miguel perguntou.

– Foi assassinado, anos mais tarde. E o material do seu livro foi roubado – Paulo respondeu.

– Isso dá alguma credibilidade à história. Alguém se deu o trabalho de matar este homem e roubar a pesquisa dele – Miguel falou. – Além disso, o material reunido por Roger Lantz também apontava nesta direção, ao mencionar aquele tal de HAARP.

– É verdade, e temos que admitir que a história, nestes moldes, faz algum sentido – Paulo completou.

– Como assim? – Miguel perguntou.

– Sabemos que a All American Company instalou-se no Brasil recentemente, certamente revivendo antigas rivalidades. Michael Rothschild pode ter mandado sequestrar o filho do senhor Siegfried como um aviso do tipo "não mexa com os meus negócios, pois eu também posso atingi-lo. Eu não esqueci do que se passou naquela época" – Paulo respondeu.

Houve um silêncio enquanto as duas mentes trabalhavam para aceitar o arranjo que os fatos haviam assumido.

— Seria possível deduzir, também, que Demochev ainda deve trabalhar para a All American Company e para Michael Rothschild — Miguel falou.

Paulo concordou e disse:

— Resta uma pergunta fundamental: por que o senhor Siegfried, um homem com recursos praticamente ilimitados, precisa de dois investigadores da polícia de São Paulo para chegar a essas conclusões e achar o seu filho? — Paulo falou.

— Exato. Eu não esqueci do detalhe que o chefe mencionou, de que o senhor Siegfried pediu explicitamente que o caso fosse investigado por nós — Miguel falou.

— O meu instinto diz que devemos procurar a pessoa que nos ofereceu aquele acordo porque ela pode ser a nossa última fonte de *insight* sobre o assunto — Paulo falou.

— E quanto ao senhor Siegfried? Por que não o confrontamos, agora que temos mais informações? — Miguel perguntou.

— O senhor Siegfried não cederá a nenhum tipo de pressão da nossa parte. Para ele, nós não somos nada e não temos como atingi-lo ou pressioná-lo. O máximo que ele fará é falar, espontaneamente, sobre um ou dois tópicos do seu interesse. Duvido que sequer toque no assunto de suas atividades que resultaram em investigação pelo Comitê Church ou de seu passado como sócio de Michael Rothschild — Paulo falou.

— E é por isso que precisamos arriscar e aceitar a tal oferta — Miguel falou.

— É assim que a vida é: algumas decisões são arriscadas — Paulo falou e completou: — Acho que pensei em uma maneira de reduzir um pouco o risco para o nosso lado.

Paulo pegou o celular e discou o número do chefe. Foi surpreendido ao ser atendido no primeiro toque e por um chefe totalmente alerta. Presumiu que ele estava atormentado com os rumos do caso e com a proposta que havia sido feita. Paulo explicou que ele e Miguel achavam que o risco era necessário e que a proposta precisava ser aceita. Paulo sugeriu que houvesse uma condição da parte deles: o objeto em questão só seria entregue no final da troca de informações e somente se eles considerassem que as informações fornecidas eram realmente válidas. Esse arranjo equilibraria um pouco as coisas, pois faria com que fosse necessária confiança de ambas as partes. O chefe titubeou, mas finalmente aceitou, enfatizando que não poderiam comentar o ocorrido com absolutamente ninguém.

Imediatamente, Paulo ligou para o celular de Orfeu Ortiz, informando que a proposta havia sido aceita, com uma condição não negociável da parte deles. Paulo explicou a condição e Orfeu disse que faria contato com os ofertantes e retornaria a ligação assim que possível.

Decidiram retornar à área de serviço da clínica onde encontraram o perito, que acabara de chegar. Miguel mostrou a ele o arranhão na parede e o instruiu a colher amostras e compará-la com o material encontrado na van.

Paulo falou com o Chefe da Segurança e pediu que ele reunisse todos os funcionários envolvidos no caso na segunda-feira pela manhã, quando seriam entrevistados. O Chefe da Segurança disse que faria sem problemas, embora esta fosse a sua última tarefa no cargo. Antes de sair, o Dr. Carvalho o havia despedido.

Eles decidiram partir em direção a São Paulo para ir ganhando tempo. No caminho, perceberam que a chuva havia finalmente parado, sendo substituída por um vento cortante e um frio ainda mais intenso.

São Paulo, Brasil, Domingo, 7 de Setembro de 2008.

Quando Orfeu Ortiz finalmente retornou a ligação, era pouco depois das duas e meia da manhã e os detetives já estavam há algum tempo aguardando no Palácio da Polícia. Orfeu disse que a condição havia sido aceita. Eles foram instruídos a seguir para um prédio comercial, em uma esquina importante da avenida Brigadeiro Faria Lima. O segurança os deixaria entrar sem fazer perguntas e eles deveriam seguir até o heliporto, no topo do prédio. Orfeu disse que o encontro não incluía a sua presença e que eles deveriam estar lá às três horas em ponto.

Miguel foi rapidamente apanhar o cubo negro na sala de provas. Encontraram-se no estacionamento, Paulo com o carro ligado, pronto para partir. Sem o trânsito habitual, levaram menos de dez minutos para chegar ao imponente edifício de escritórios. No *hall* de entrada, o único segurança do local olhou para eles e abriu a porta. Nenhuma palavra foi trocada. Eles entraram e seguiram diretamente para o elevador.

No último andar, a porta que levava à área externa do heliporto estava fechada, mas destrancada. Ao abri-la, esperavam ser açoitados pelo vento, mas o mesmo tinha diminuído bastante, agora que a frente fria afastava-se. O frio, porém, era intenso. Foram recompensados por uma vista espetacular da cidade, com milhares de luzes acessas, em centenas de prédios, cada uma com uma história para contar e todas indiferentes a eles e aos problemas que tentavam ali resolver. Preferiram permanecer longe das extremidades da plataforma e decidiram esperar no centro da área de pouso.

Cerca de dez minutos depois, a porta que dava acesso ao heliporto abriu-se, revelando duas figuras: uma moça baixa, seguida por um homem corpulento. O homem permaneceu junto à porta enquanto ela avançava, aproximando-se deles. Pela postura, sabiam que se tratava de um segurança pessoal.

A moça aproximou-se. Reconheceram imediatamente como sendo a mesma pessoa que haviam visto no Instituto Psiquiátrico Municipal. A única diferença era que agora ela tinha os cabelos presos em um rabo-de-cavalo. Mesmo naquelas condições de luminosidade era possível ver a perfeição dos traços do seu rosto.

– Detetives Paulo Westphalen e Miguel D'Andrea, boa noite. Meu nome é Lara – ela falou.

– Boa noite – Paulo falou.

– Vimos você no Instituto Psiquiátrico Municipal, procurando por Teresa Aparecida. Qual o seu interesse nela? – Miguel perguntou.

– O meu interesse nela é semelhante ao de vocês, que é o de ajudá-la – Lara falou.

– Sabemos que você também procurou algumas das vítimas dos sequestros que estamos investigando – Paulo falou.

– Isso tudo faz parte do meu trabalho – Lara falou.

– O que foi feito com as vítimas e qual o objetivo de seu rapto? – Miguel perguntou.

– O nosso acordo é válido? Tenho a palavra de vocês de que terei o dispositivo no final da conversa? – Lara perguntou.

– Se as informações que você tiver forem pertinentes, no final desta conversa você terá o objeto – Paulo respondeu.

Lara assentiu.

– O que ele faz? – Miguel perguntou.

– Trata-se de um dispositivo eletrônico de armazenamento, confeccionado com uma tecnologia tão avançada que está ainda a muitos anos de atingir o mercado. Pensem nele como um *pen drive* só que capaz de armazenar cerca de quinhentos terabytes de informação, ou o equivalente a cerca de quinhentos mil *pen drives* comuns – Lara falou. – Na noite da última segunda-feira, eu e os meus seguranças fomos atacados por três homens em uma van branca. Um dos meus seguranças foi ferido e o cubo negro foi roubado.

– E que informações ele contém? – Paulo perguntou, achando que certamente tinha avançado demasiadamente.

– Este dispositivo contém um filme criptografado de uma forma muito incomum, de modo que ele só pode ser visto e compreendido pelo cérebro de uma única pessoa. Esta pessoa está, neste momento, no meio da floresta amazônica e o conteúdo deste vídeo, que foi gravado por mim, é um aviso para que ela e o seu acompanhante saiam imediatamente de onde estão. As vidas destas duas pessoas dependem deste vídeo – Lara respondeu.

– Quem são essas pessoas? – Miguel perguntou.

– Para responder a esta questão, vou começar pela sua pergunta original – Lara falou. – As vítimas das abduções que vocês investigam foram sequestradas por um homem chamado Alexei Demochev, que trabalha para um conglomerado empresarial denominado All American Company. Esta empresa desenvolve, desde os anos sessenta, um projeto de pesquisas ilegal e altamente secreto, que tem como objetivo o controle do comportamento humano. As pesquisas têm sempre um objetivo comercial, que é fazer com que as pessoas comprem mais produtos da empresa. Este projeto nasceu através da ligação de um de seus fundadores, Michael Rothschild, com um projeto da CIA chamado MK-ULTRA. O MK-ULTRA era um projeto com finalidade idêntica, porém, com fins políticos e militares. Michael Rothschild e o seu sócio, Siegfried Maximiliano, levaram o seu projeto muito além do que o MK-ULTRA jamais chegou. Isso ocorreu por uma conjunção de fatores que os beneficiaram. Em primeiro lugar, tinham recursos financeiros praticamente ilimitados. Em segundo lugar, tinham a melhor equipe de cientistas, que era liderada por Alexei Demochev, um verdadeiro gênio. E, em terceiro lugar, porque tinham oferta ilimitada de pessoas para uso em suas experiências. Eles sequestravam, ou simplesmente pagavam os coiotes por imigrantes latinos ilegais que cruzavam a fronteira. Essas pessoas eram então usadas em seu centro de pesquisas, situado oculto no deserto do Novo México. Eu não preciso dizer que não havia ninguém para reclamar pelas pessoas desaparecidas; afinal, a travessia do deserto com os coiotes é sempre perigosa. Muitos destes indivíduos não sobreviveram às experiências e os que o fizeram, apresentaram sequelas graves, que incluíam diversos tipos de doenças psiquiátricas, incluindo casos de esquizofrenia.

– A Enfermaria 43 – Paulo falou.

– Exatamente – Lara falou, surpreendendo-se com o grau de conhecimento dos detetives. – Com o conhecimento adquirido ao longo dos anos e ao custo de centenas de vidas, a All American Company passou a dominar uma série de protocolos para o controle do comportamento humano.

– Como assim? Como isso seria possível? – Miguel perguntou atônito.

– Imagine, por exemplo, que você entra em um supermercado para comprar uma caixa de cereal. E se eu lhe disser que a decisão da marca de cereal que você está prestes a comprar não é inteiramente sua? Todo o dia estamos expostos a material da mídia contaminado por agentes manipuladores do comportamento. Pode ser qualquer coisa: uma imagem, uma música, um filme, não importa. Interessa é que esteja organizado dentro de um protocolo específico.

— Como algo assim é possível? — Paulo perguntou.

— O que estes elementos da mídia fazem é provocar um desequilíbrio sutil na neuroquímica do cérebro, nas áreas responsáveis pelo desejo. Surge, assim, um impulso de consumir o produto que está vinculado àquele elemento da mídia. Ao realizar a compra, a pessoa restaura o seu equilíbrio neuroquímico, o que satisfaz o desejo e gera prazer — Lara respondeu e completou: — Pelo menos até que a pessoa seja exposta novamente a um outro elemento da mídia contaminado por agentes manipuladores do comportamento.

— E o que eles queriam ao sequestrar essas pessoas aqui no Brasil? — Paulo perguntou.

— Os onze indivíduos fizeram parte de um projeto piloto para testar uma nova e poderosa técnica de controle comportamental. Infelizmente as suas pesquisas e, portanto, a eficácia de seus métodos, seguem em constante aprimoramento — Lara falou.

— Onze indivíduos? Sabemos de doze pessoas sequestradas — Miguel falou.

— Eu sei. Onze pessoas faziam parte do experimento e por isso o meu interesse nelas. Eu queria ver se tinham sofrido algum dano cerebral e se, através do seu comportamento, davam pistas do que tinha sido feito com elas. A décima segunda pessoa foi sequestrada com um propósito diferente. Enrique Diaz, ou Salvador Cruz, trabalhou para a All American Company e era o responsável tanto pela segurança da Enfermaria 43, quanto pelo sequestro dos indivíduos usados como cobaias. Ele foi levado na tentativa de se extraírem informações de sua cabeça — Lara falou.

— Não entendo — Paulo falou.

— Em 1975, o Comitê Church do senado americano passou a investigar a CIA e o seu MK-ULTRA. Após algum tempo, a investigação foi ampliada e passou a englobar o projeto da Enfermaria 43 e a All American Company. A pessoa que mais tinha reunido informações sobre o assunto era um jornalista independente, chamado Ruppert Ness, que estava, inclusive, escrevendo um livro sobre o assunto. Em 1981, por ordem do senhor Siegfried, Enrique Diaz assassinou Ruppert Ness e roubou o material de suas pesquisas – Lara falou.

— Michael Rothschild e o senhor Siegfried são inimigos mortais. Presumo que o senhor Siegfried queria impedir que documentos comprometedores pudessem chegar às mãos, não só das autoridades, mas também do seu maior rival – Paulo argumentou.

— Exatamente – Lara disse. – Agora Demochev sequestra Enrique Diaz/Salvador Cruz com o objetivo de extrair de sua mente o local onde ele escondeu o material que seria o livro de Ruppert Ness.

Silêncio.

— Fale-nos sobre a ruptura que ocorreu entre Michael Rothschild e o senhor Siegfried – Paulo pediu.

— O senhor Siegfried traiu o sócio por um motivo bastante trivial e comum – Lara falou e olhou de relance para Miguel. – Em algum momento no final dos anos setenta havia, na Enfermaria 43, uma paciente que era de uma beleza estonteante. Ela era brasileira e chamava-se Elizabeth Marcon. O senhor Siegfried ficou louco por ela e faria qualquer coisa para tirá-la de lá. Por esse motivo, ele costurou um acordo com a promotoria do caso, que consistia em fornecer documentos que implicariam a All American Company, em troca de sua saída ileso do país, acompanhado de sua companheira, Elizabeth e do seu faz-tudo, Enrique Diaz. O resto da história vocês parecem saber: Michael Rothschild teve problemas com a justiça, mas como é um homem muito influente, acabou por safar-se também.

Lara prosseguiu:

– O senhor Siegfried fez, naquela época, um seguro de vida que continua valendo até hoje. Em 1973, o então diretor da CIA, Richard Helms, pressentindo que haveria uma investigação, mandou ilegalmente destruir toda a documentação referente ao projeto MK-ULTRA. Acontece que o senhor Siegfried tem uma cópia desses documentos escondida em algum lugar. Esses documentos implicam Michael Rothschild mais do que a ele próprio, e o senhor Siegfried usa a sua existência como um instrumento de dissuasão, mantendo Michael Rothschild e a sua ira afastados.

– E Michael Rothschild achou que, se pudesse recuperar o material de pesquisa de Ruppert Ness, poderia equilibrar um pouco as coisas – Paulo falou.

– É isso aí – Lara concordou.

– E a vinda do senhor Siegfried para o Brasil? – Miguel perguntou.

– Isso foi em parte pelo fato da sua esposa ser brasileira e em parte por uma oferta de proteção e favorecimento nos negócios que a ditadura militar brasileira ofereceu ao senhor Siegfried – Lara respondeu.

– Em troca de quê? – Paulo perguntou.

– O senhor Siegfried seduziu os militares com uma proposta de iniciar no Brasil um projeto equivalente ao da Enfermaria 43. Haveria, naturalmente, um intercâmbio de informações do seu programa de controle comportamental com os militares. A proposta foi aceita pelos militares e o senhor Siegfried fundou a sua InMax no Brasil, devidamente equipada com um equivalente à Enfermaria 43. A empresa, além de contar com a vantagem competitiva do controle comportamental, ainda foi favorecida em grandes obras que todos conhecemos daquela época – Lara falou.

– Não é de se admirar o crescimento meteórico da InMax – Paulo falou.

– Não mesmo.

– E por que Michael Rothschild e o senhor Siegfried simplesmente não mataram um ao outro neste tempo todo? – Miguel perguntou.

Quem respondeu desta vez foi Paulo:

– Os dois são demasiadamente poderosos para entrarem em uma guerra aberta. Ambos são inteligentes o suficiente para saber que os dois seriam destruídos. E é claro que os documentos do senhor Siegfried também ajudam a esfriar os ânimos.

– E o sequestro de José Luis? – Miguel perguntou.

– Apenas escaramuças e não guerra aberta. Assim sendo, espero encontrá-lo bem e por perto – Paulo falou.

– E quanto à doença de Elizabeth e do filho, José Luis? – Miguel perguntou.

– Ocorre que Michael Rothschild teve, sim, o gosto de alguma vingança. Ao saber do caso do senhor Siegfried com uma paciente da Enfermaria 43, Michael Rothschild ordenou a Demochev que aplicasse uma sessão muito severa de testes nela. Após uma noite de experimentos, a mente de Elizabeth estava arruinada. Acreditamos que, como estava grávida, o feto também sofreu as consequências – Lara falou.

– E quanto a Teresa Aparecida? – Paulo perguntou.

– O que aconteceu com Teresa Aparecida, de certa forma, não é muito diferente do que houve com a esposa do senhor Siegfried. Não sabemos por que, mas algumas pessoas do submetidas a determinadas técnicas de controle comportamental têm, usando uma linguagem direta, a sua mente simplesmente arruinada – Lara respondeu. – Se submetermos Teresa Aparecida a um exame de Ressonância Magnética Funcional, que mapeia, área por área, a atividade cerebral em tempo real, veremos que não há atividade nas áreas associativas mais nobres do seu cérebro. É como se a mente dela não estivesse mais lá, como se tivesse sido, simplesmente, roubada.

Silêncio.

– Encontramos um *site* na Internet chamado Órfãos da Enfermaria 43. Em uma página deste *site* havia uma referência a Enrique Diaz como *El Monstro*. O que significa? – Paulo perguntou.

– Os "Órfãos da Enfermaria 43" são uma comunidade de sobreviventes e familiares de sobreviventes da Enfermaria 43. Ao contrário do que pode parecer, não se trata de uma sociedade secreta. Os seus membros são apenas discretos, já que acreditam, e estão certos ao fazê-lo, que ninguém pode ajudá-los. – Lara respondeu, fez uma pausa e, pela primeira vez não olhou diretamente nos olhos dos seus interlocutores. Paulo sabia que o que quer que viesse a seguir não sairia facilmente. Ela prosseguiu: – Como eu havia dito, Enrique Diaz era o responsável tanto por organizar o sequestro dos indivíduos testados quanto pela segurança da Enfermaria 43. Ocorre que, durante as noites, quando ficava sozinho, Enrique Diaz usava os equipamentos do lugar para conduzir os seus próprios "experimentos" com os pacientes. Acho que não preciso dizer mais nada.

– O homem torturava as pessoas por diversão. Não é difícil imaginar como ele ganhou o seu apelido – Miguel falou enojado.

Um longo silêncio se seguiu.

— Um funcionário da InMax me disse que as duas principais empresas do grupo são a Transcriptase, da área médica, e a Iluze, de publicidade e propaganda – Paulo falou.

— A lógica é simples: a Transcriptase elabora o protocolo de controle comportamental e a Iluze o coloca em prática através de uma campanha publicitária – Lara falou.

Paulo estava perplexo e Miguel andava em círculos, atormentado.

— A propósito, a palavra "Iluze" quer dizer "ilusão", em tcheco – Lara completou.

— Este mesmo funcionário me disse que existe um grande projeto em andamento na Transcriptase. De que se trata? – Paulo perguntou.

— Sabemos que há algo grande em andamento e que tem relação com os testes que foram realizados nos indivíduos sequestrados. Não sabemos, contudo, exatamente de que se trata – Lara respondeu.

— Quem é você, afinal? Paulo perguntou.

— Eu faço parte de um grupo de pessoas que estuda, há muito tempo, experimentos de controle comportamental como os empregados pela All American Company e pela InMax. Estas pessoas de quem falei, que estão na Amazônia, são cientistas e os líderes do nosso grupo. Elas estão lá estudando uma tribo indígena, que descobrimos ser imune à manipulação comportamental, o que possivelmente deve-se a peculiaridades na maneira como o seu idioma ativa áreas incomuns de seu cérebro. Essas pessoas correm perigo, pois tiveram a sua posição descoberta – Lara falou.

— E por que vocês simplesmente não procuram as autoridades com todo o conhecimento que têm sobre o assunto? Vocês têm provas documentais, não tem? – Miguel perguntou.

— Porque simplesmente não funcionaria e não temos tanta documentação quanto gostaríamos. Essas pessoas são muito poderosas e a história que teríamos para contar seria muito fantástica para ter credibilidade imediata – Lara falou. – A nossa estratégia, por enquanto, é desmistificar e tornar o assunto conhecido do grande público. É a melhor arma que temos no momento.

Paulo pensou por um instante e disse:

— Foi por isso que vocês levaram Salvador Cruz na noite em que ele foi assassinado, para tentar descobrir onde ele escondeu o material do livro de Ruppert Ness?

Lara foi pega de surpresa pela pergunta. Ensaiou um passo para trás e disse:

— Os nossos objetivos principais eram confirmar que os experimentos estavam sendo conduzidos por Alexei Demochev, além de tentar descobrir exatamente no que consistiam. É claro que encontrar o material de Ruppert Ness teria sido fantástico, mas não tínhamos esta ilusão, pois sabemos que o material, na verdade, desapareceu por completo – Lara falou.

— Como assim? – Paulo perguntou.

— Descobrimos que os documentos da pesquisa de Ruppert Ness não estão em posse do senhor Siegfried – Lara respondeu.

— E como é que vocês sabem? – Miguel perguntou.

— Existem outros grupos com interesses em jogo aqui. Temos uma fonte em posição privilegiada, que nos deu esta informação. O senhor Siegfried nunca pôs as mãos no material de Ruppert Ness – Lara respondeu.

— E quem é que esvaziou aquele cofre com os documentos? – Paulo perguntou.

— Não sabemos ao certo. O meu palpite é que o material ficou com Enrique Diaz/Salvador Cruz e que isso foi o seu seguro de vida, talvez o liberando de obrigações para com o senhor Siegfried – Lara respondeu.

— E quem são estes outros grupos com interesses no caso? – Miguel perguntou.

— Esse é um tópico sobre o qual eu não posso entrar em detalhes – Lara falou e completou: – Depois da gravidade das coisas que vocês acabaram de ouvir, não seria difícil de imaginar que muitas pessoas, organizações e até governos soberanos têm máximo interesse no assunto.

Um período de silêncio se seguiu, enquanto os detetives ponderavam o significado deste último intercâmbio. Finalmente mais algumas peças tomaram os seus devidos lugares e Paulo falou:

— A facilidade com que obtivemos informações junto ao FBI pode não ter sido ao acaso. Sabemos que a isca que usamos para obter as informações era inútil para os americanos, o que leva a conclusão de que fomos, na verdade, presenteados com as fichas de Alexei Demochev e Salvador Cruz. Isso leva à pergunta: o governo americano tem interesse no caso?

— O governo americano é, com toda a certeza, um dos grupos com interesse no assunto – Lara respondeu.

— Não faz sentido. Por que os americanos nos presenteariam com as informações, quando até mesmo um funcionário do consulado nos procurou dizendo que Demochev era um assunto "embaraçoso" para eles? – Miguel perguntou.

— Nesse ponto a questão passa a ser mais ampla. O projeto MK-ULTRA pertencia à CIA, e quem colocou as informações nas mãos de vocês foi o FBI. É de domínio público que as agências de inteligência americanas, mesmo depois do 11 de setembro, frequentemente trabalham isoladas e não compartilham informações entre si – Lara respondeu.

– É possível que o FBI estivesse nos "servindo" com informações sensíveis a respeito de Alexei Demochev e Salvador Cruz, apenas para, com o aprofundamento das investigações, aprender coisas novas sobre o assunto. Informações estas que o FBI não obteria com outras fontes do governo americano – Paulo deduziu.

– É basicamente isso – Lara concordou, relutantemente.

– Eu iria mais longe: sabemos que Alexei Demochev teve vínculos com a CIA – Paulo falou. – Acho que a ficha dele é, em sua maior parte sigilosa, porque ele ainda deve trabalhar para a CIA, talvez como um consultor. E mais, se os americanos têm interesse no caso, também pode significar que o projeto MK-ULTRA, ou algo equivalente, ainda está em pleno andamento, conduzido pela CIA.

– Talvez o interesse do FBI seja exatamente este: investigar se a CIA mantém ativo o MK-ULTRA – Miguel completou.

Paulo e Miguel voltaram-se para Lara, aguardando sua aceitação ao raciocínio que acabaram de empreender.

Ela relutou e finalmente concordou.

– Vocês estão certos. Apesar das investigações do Comitê Church, o projeto MK-ULTRA nunca foi abandonado e segue ativo, embora sob outras formas e com outros disfarces – Lara falou. – O FBI e o congresso americano seguem tentando investigar o assunto, exatamente como o Comitê Church fez nos anos setenta. Não é preciso dizer que eles não têm tido muito sucesso.

– Por isso o interesse na nossa investigação – Miguel completou.

Houve um momento de silêncio, enquanto os detetives ponderavam que talvez já tivessem ouvido bastante para uma noite.

Paulo quebrou o silêncio, mudando de tópico:

— Vocês colocaram Salvador Cruz em risco ao submetê-lo ao procedimento que recuperou as lembranças do seu sequestro.

— Avisamos Salvador Cruz para ser discreto com relação às memórias de seu sequestro. Ainda não compreendemos por que, depois que o deixamos de volta na padaria, ele foi imediatamente procurar vocês. Ele certamente sabia que era como assinar a própria sentença de morte — Lara falou.

— Talvez ele tenha recebido uma ordem direta do seu antigo chefe, o senhor Siegfried, para fazê-lo — Miguel falou.

— Uma última questão: a escolha de Orfeu Ortiz como intermediário não foi aleatória. Vocês queriam alguém que pudesse, simultaneamente, negociar conosco e nos instruir no assunto. A conexão de Orfeu Ortiz com Ruppert Ness o colocou em uma posição única para fazer exatamente isso — Paulo falou.

Lara apenas assentiu.

Paulo sinalizou para Miguel, que pegou do bolso do casaco o cubo negro e o entregou à Lara.

— Obrigada. Vocês acabam de salvar as vidas de duas pessoas extraordinárias — Lara falou e foi embora.

Paulo e Miguel permaneceram em silêncio, paralisados por tudo o que tinham ouvido. O vento tinha diminuído ainda mais, e o ruído da cidade agora podia ser ouvido, distante.

Lentamente, as mentes dos dois se recuperaram do torpor e começaram a funcionar como um motor parado por falta de gasolina que volta a girar ao ser novamente alimentado com combustível.

Finalmente, Paulo falou:

– Fico imaginando que o cubo negro e as pessoas que ele protege devem ser muito importantes. Após roubá-lo, na segunda-feira à noite, os homens de Demochev perdem o objeto. E para onde eles foram com a van branca logo após?

– Para a clínica Casa da Montanha, sequestrar José Luis – Miguel falou.

– Exato. Demochev deduziu que os seus homens deveriam ter perdido o cubo negro durante a ação na clínica – Paulo falou.

– E foi por isso que ele se arriscou indo até lá, na primeira hora da manhã seguinte, para procurá-lo. É incrível pensar que pessoas assim também cometem erros estúpidos – Miguel falou.

– Todos cometemos – Paulo completou.

Apenas quinze minutos depois, os detetives estavam no Palácio da Polícia, grudados na tela do computador.

– O que estamos procurando? – Miguel perguntou.

– Tenho um palpite baseado no que aprendemos hoje. Acho que, se o objetivo do sequestro de José Luis era apenas mandar uma mensagem para o senhor Siegfried, existe uma chance de encontrarmos o rapaz por perto – Paulo falou.

– Sabemos que a van foi deixada na periferia de Campinas – Miguel falou.

– Vamos procurar por instituições que atendam a pacientes psiquiátricos em um raio de proximidade do local onde a van foi encontrada – Paulo falou.

Miguel digitou enfurecidamente no seu teclado como um pianista alucinado que atinge o clímax de uma performance.

Após alguns instantes, a pesquisa produziu um resultado.

– Achei dois locais próximos que aceitam pacientes psiquiátricos. Uma clínica privada e um posto de saúde municipal. Vou fazer as ligações imediatamente – Miguel falou animado.

Paulo afastou-se para pensar, estava excitado e ansioso, pois sabia que a hora de confrontar o senhor Siegfried havia chegado.

Miguel levantou-se de sua mesa, eufórico, e disse:

– O posto de saúde municipal possui cinco leitos de psiquiatria para observação. O médico de plantão informou que, na terça-feira pela manhã, um paciente em estado de catatonia profunda foi abandonado na porta de serviço do lugar como indigente. A descrição física dele bate com a de José Luis Maximiliano. Acho que o encontramos!

Paulo botou as mãos na cabeça. Estava exausto, mas muito feliz, pois estava convicto de que tinham achado o rapaz.

Decidiram que Miguel iria até o posto de saúde em Campinas, enquanto Paulo faria um resumo do caso, por telefone, ao chefe. Se Miguel identificasse o rapaz, então Paulo procuraria o senhor Siegfried, sozinho.

***

Paulo levou cerca de quarenta minutos para produzir um resumo do que já sabiam sobre caso para o chefe. Durante o longo relato, o chefe disse pouca coisa além de exclamações do tipo "Ah!, Ai, Meu Deus, e Ai ai". Paulo desconfiava que isso era devido muito mais à sua ansiedade pela repercussão que o caso teria, quando viesse à tona, do que pelo seu conteúdo em si. O próximo contato seria para confirmar, ou não, se tinham realmente encontrado José Luis Maximiliano. Em caso positivo, o chefe avisaria imediatamente o senhor Siegfried.

O tempo de espera que se sucedeu parecia interminável com os minutos passando como se fossem horas. A mente de Paulo estava no meio de uma tormenta, se por um lado estava exausto, por outro estava alerta com a memória de todos os detalhes horripilantes da história à sua frente. Sentou-se em sua mesa, com a cabeça entre as mãos, pensando no que parecia ser o lado mais perverso da história: a Enfermaria 43. Tentou imaginar aquelas pessoas humildes tentando a vida em um país estrangeiro, subitamente sequestradas, arrancadas de seus círculos e enviadas para um local que estava além de qualquer pedido de socorro. Neste lugar, não era possível nem sequer imaginar as coisas pelas quais tinham passado. Paulo não conseguia parar de pensar na expressão de Lara ao dizer que Teresa Aparecida tinha tido a sua "mente roubada". Lembrou das fotografias de José Luis Maximiliano, o rosto sem expressão, como se não houvesse nada ali dentro. Era exatamente isso, a sua mente havia sido roubada e simplesmente não existia nada dentro do habitáculo que era o seu corpo.

Paulo foi conquistado pelo cansaço e adormeceu.

Teve sonhos aterradores, um continuando onde o outro deveria ter terminado.

Foi acordado pelo som de seu celular tocando sobre a mesa. Paulo acordou já instantaneamente alerta, como se fosse o passageiro de um transatlântico que desperta em sua cabine confortável, no meio da noite, e descobre que há água batendo pelos joelhos.

Miguel, em meio a sua euforia, conseguiu produzir apenas uma sentença: "Estou diante de José Luis Maximiliano". Paulo o instruiu a permanecer no local e não tirar os olhos do rapaz. Ele avisaria ao chefe que, por sua vez, informaria ao senhor Siegfried.

Paulo ainda tinha uma última tarefa para o seu corpo cumprir, antes de ser vencido pela exaustão. Falaria com o senhor Siegfried, na casa dele, em seu próprio território. Pegou o casaco e partiu.

Eram seis horas e trinta minutos. As primeiras luzes do crepúsculo já tingiam de um cinza escuro as nuvens que encobriam o céu. Paulo estava parado no final da rua privativa do senhor Siegfried, no bairro do Morumbi. Estava no posto da segurança e não tinha ideia se o deixariam entrar, já que viera sem ser anunciado e em um horário, no mínimo, estranho. Tinha um pressentimento, porém, que o senhor Siegfried o receberia.

O portão foi aberto e Paulo viu-se no mesmo caminho, através do jardim da propriedade, que ele havia percorrido alguns dias atrás. Neste momento, entretanto, era como se meses tivessem se passado. Estacionou no mesmo local da última vez e seguiu a pé em direção à porta principal da casa, que estava aberta.

Viu-se no imenso espaço que era a sala de estar da mansão do senhor Siegfried. O local era finamente decorado, com móveis de madeira antigos, tapetes persas de todos os tamanhos e inúmeras obras de arte, tanto na forma de pinturas nas paredes quanto de esculturas. O lugar também estava cheio de cristaleiras de todos os tamanhos, recheadas de porcelanas e cristais que mais se pareciam com obras de arte do que com qualquer tipo de utensílio. A impressão geral, contudo, era o oposto do que se poderia imaginar. O lugar era profundamente impessoal e sem vida. Paulo imaginou que o saguão de um hospital tinha mais vida do que este local.

À esquerda da sala de estar existia uma grande porta de correr de madeira, que estava aberta e revelava um escritório. O senhor Siegfried estava sentado, em silêncio, como se fosse um fantasma, atrás de sua maciça escrivaninha de madeira de lei. Vestia calças cinza e camisa social amarelo-clara, e tinha a expressão impassível habitual. Paulo aproximou-se e ocupou a cadeira no lado oposto da escrivaninha.

Permaneceram em silêncio por alguns instantes, cada um tentando imaginar o seu papel no diálogo que se seguiria.

Por fim, Paulo disse:

– Como o senhor já deve saber, encontramos José Luis. Ele está bem e o meu parceiro está com ele agora.

– Já fui informado. Uma equipe da minha segurança pessoal está indo buscá-lo e irá levá-lo de volta para a clínica em Cotia – o senhor Siegfried falou.

– Eu gostaria de agradecê-los. Fizeram um grande trabalho.

Paulo decidiu que seria direto, pois não permaneceria na companhia daquele homem mais que o necessário.

– Fale-me sobre Alexei Demochev – Paulo falou.

O senhor Siegfried ajeitou-se levemente na cadeira.

– Detetive, como recompensa por ter encontrado o meu filho, vou responder a algumas de suas perguntas – o senhor Siegfried falou e completou: – Não pense, com isso, que o senhor acaba de receber uma carta branca. Poderia parecer, por alguns instantes, que estamos no mesmo barco, mas acredite, não é o caso.

Paulo sabia o que ele estava fazendo. Estava assegurando que não existissem mal-entendidos quanto ao lugar que cada um ocupava e, ainda, que Paulo não criasse a falsa ilusão que poderia perguntar qualquer coisa. O senhor Siegfried tinha demarcado dois territórios: assuntos sobre os quais falaria e assuntos sobre os quais não iria, sob hipótese alguma, falar. Paulo pretendia explorar o máximo do território permitido.

– Eu sei que o senhor o conhece. Tenho interesse na pergunta porque quero localizá-lo e interrogá-lo. Ele sequestrou doze pessoas e quero saber o que fez com elas. Destas vítimas, duas sofreram danos irreparáveis: uma está morta e a outra passou a sofrer de uma condição psiquiátrica muito grave e irreversível – Paulo falou.

– O senhor não pode tocar em um homem como Alexei Demochev. Ele é muito poderoso e está sob a proteção de pessoas ainda mais poderosas, o que inclui, até mesmo, governos soberanos – o senhor Siegfried falou e completou: –Sim, detetive, eu sei que vocês foram instruídos no assunto nesta madrugada. É importante que perceba que não é só porque tomou conhecimento de alguns fatos que o senhor tem o direito de levá-los, levianamente, à luz do dia.

Silêncio. Paulo sabia que aquela via estava esgotada.

– Qual o motivo das ligações para Salvador Cruz, ou devo dizer Enrique Diaz, na noite do seu assassinato? – Paulo perguntou.

– Enrique era um antigo associado meu, com muitos serviços prestados. Ele me ligou naquela noite avisando que estivera em contato com pessoas que tinham sido capazes de recuperar as memórias referentes ao seu sequestro. Ele me disse que agora podia confirmar o que já desconfiava, de que havia mesmo sido levado por Alexei Demochev. Ele me perguntou o que deveria fazer. Eu apenas disse o óbvio: que ele deveria procurar imediatamente as autoridades. Foi o que ele fez e me ligou, mais tarde, para avisar que havia seguido a minha orientação.

– O senhor sabia que, ao orientá-lo a nos procurar, estava assinando a sua sentença de morte – Paulo falou.

– Enrique era um homem crescido, capaz de pensar com a própria cabeça. Eu apenas forneci um conselho – o senhor Siegfried falou.

– Não compreendo porque José Luis retornará à clínica em Cotia, após todas as falhas primárias na segurança que o local apresentou e que foram diretamente relacionadas ao seu sequestro – Paulo falou, lançando a isca.

— A clínica é um bom local para ele e posso assegurá-lo que o meu filho estará em segurança a partir de agora – o senhor Siegfried falou.

— E isso é por que a clínica é de sua propriedade, não é verdade? – Paulo falou, saltando em direção ao desconhecido.

Silêncio.

— Fizemos uma pesquisa, e o senhor sabe o resultado? Não fomos capazes de encontrar um único psiquiatra em São Paulo que tivesse sequer ouvido falar desta clínica. Esta clínica não só é sua, como a sua finalidade é instalar, confortavelmente, indivíduos que sofreram consequências inesperadas de testes na, também sua, Transcriptase? – Paulo falou.

Silêncio. Paulo achou que o rosto impassível do senhor Siegfried tinha sofrido um rearranjo sutil, quase microscópico, ao ouvir a última sentença. O seu semblante voltou a severidade original e ele disse:

— Aconselho o senhor a deter-se apenas no que é importante, ou seja, você e o seu parceiro fizeram um bom trabalho e encontraram o meu filho – o senhor Siegfried falou e depois completou: – Esta conversa acabou.

São Paulo, Brasil, Quarta-feira, 10 de Setembro de 2008.

Depois de supervisionarem o retorno de José Luis Maximiliano à clínica, Paulo e Miguel foram para casa e dormiram por todo o domingo.

Quando chegaram na Clínica Casa Da Montanha, na segunda-feira pela manhã, ambos estavam renovados.

Como já tinham antecipado, nenhuma informação relevante fora extraída dos funcionários da clínica. Os perpetradores do sequestro tinham sido capazes de mesclar-se com a rotina do lugar de forma tal que ninguém havia reparado neles por mais do que alguns instantes.

Eles conseguiram apenas o óbvio, que fora estabelecer, através da comparação da tinta da van com a tinta presente no arranhão da parede da área de manobra da clínica, que o mesmo veículo havia sido usado no sequestro de José Luis Maximiliano e de Salvador Cruz.

Alexei Demochev e as pessoas que o ajudaram simplesmente sumiram sem deixar rastros. Neste ponto, inexistiam quaisquer evidências ou pistas que pudessem aproximar Paulo e Miguel dos perpetradores do sequestro de José Luis Maximiliano e das outras doze pessoas.

Ainda na segunda-feira pela manhã, Paulo havia decidido que só havia uma coisa certa a fazer. Como não poderiam vir a público com toda a história, pois não tinham provas, decidiu que revelariam apenas o que tinham: suspeitas. Procurou a doutora Ana Maria, do Instituto Psiquiátrico Municipal, que também era responsável pelo Comitê de Ética Médica do Conselho Regional de Medicina, e expôs os fatos a ela. Lembrou-a de que o objeto recorrente no delírio de Teresa Aparecida era um personagem de um filme publicitário. A médica resistiu e só passou a aceitar a possibilidade de que a história fosse verdadeira quando Paulo afirmou que aquela era a explicação para o quadro enigmático da sua paciente.

Na terça-feira à tarde, a médica havia telefonado para Paulo dizendo que havia conduzido uma série de testes preliminares em pessoas saudáveis, cujo resultado havia sido, no mínimo, perturbador. Os indivíduos, ao serem expostos ao filme da propaganda do cereal DeliCrunch, exibiam alterações imediatas e dramáticas no traçado de seu eletroencefalograma. As alterações incluíam uma lentificação generalizada da atividade cerebral. Após estes resultados, a médica havia reunido, às pressas, uma equipe de especialistas que tinham repetido o experimento, desta vez com um exame de Ressonância Magnética Funcional, que mostra a atividade do cérebro em tempo real. As pessoas testadas assistiram ao comercial durante o exame e o resultado havia sido aterrador: com a atividade nas áreas nobres do cérebro caindo quase a zero. Havia, estranhamente, intensa atividade cerebral nas áreas responsáveis por tarefas repetitivas e semiconscientes.

O Comitê de Ética Médica expôs o resultado destes achados preliminares ao Ministério Público e ambos concordaram que, embora fosse muito cedo para conclusões, era imperativo que se iniciasse uma investigação imediata na empresa responsável pela campanha publicitária. Esta empresa estava em atividade há pouco tempo no país e era subsidiária de um conglomerado empresarial chamado All American Company, também recém-instalado no Brasil.

Na quarta-feira pela manhã, o jornal Folha de São Paulo publicou um editorial, escrito em estilo impecável, tratando de um tópico polêmico: a manipulação do comportamento humano pelas grandes corporações. O artigo, abrangente e detalhado, era assinado pelo conhecido jornalista Orfeu

Ortiz. Paulo não tinha dúvidas de que o material que tornara o primoroso artigo possível, havia sido a contrapartida oferecida por Lara a ele. A repercussão positiva que o artigo tivera havia recuperado boa parte do antigo prestígio de Orfeu Ortiz.

O artigo de Orfeu Ortiz, conjuntamente com a investigação do Ministério Público e do Comitê de Ética do Conselho Regional de Medicina, haviam inflamado o assunto de maneira explosiva. O tema percorrera o país como um abalo sísmico e agora estava em discussão nos mais diversos fóruns, desde as mesas de bar, até em corridas de táxi e, é claro, no cenário político em Brasília. A agitação dos políticos na capital federal parecia o frenesi de insetos ao redor de um foco de luz solitário no escuro da noite. Sabendo que, uma presa grande fornece uma refeição abundante no final, os congressistas já afiavam a sua retórica contra a empresa americana. Ninguém ficou surpreso quando surgiu a ideia da instalação imediata de uma comissão parlamentar de inquérito para investigar o assunto.

Paulo não conseguia deixar de pensar que, qualquer que fosse o final da história, o grande vencedor seria o senhor Siegfried. Ao conduzir Paulo e Miguel, que já investigavam os sequestros misteriosos, para a investigação do sumiço de seu filho, ele havia assegurado que os detetives eventualmente estabeleceriam a All American Company e o seu colaborador, Alexei Demochev, como perpetradores dos dois crimes. Assim sendo, o único desfecho possível seria exatamente o que estava para acontecer: uma investigação pública, barulhenta e danosa para a empresa recém-instalada no Brasil.

O senhor Siegfried e a sua InMax sairiam ilesos, e a sua principal concorrente teria problemas, mesmo que temporários, para firmar-se no país. O senhor Siegfried, mais uma vez, havia sido bem-sucedido em manter Michael Rothschild afastado.

Paulo e Miguel sentiam-se frustrados por não poderem trazer todos os fatos do caso à tona. Sabiam que seria uma tentativa fútil, pois não tinham as provas necessárias e, principalmente, as pessoas com as quais teriam o embate, pois eram poderosas demais.

Mesmo no caso em andamento contra a All American Company, sabiam que, em seguida, as engrenagens do mundo seriam acionadas e pessoas seriam pressionadas, *lobbies* exercidos e propinas pagas, até que todo o caso se tornasse algo elusivo e intangível. Como um líquido que, ao ferver, vira um gás e dissipa-se na atmosfera.

Eles buscavam conforto, entretanto, pensando que tinham, sim, alcançado alguma coisa. Como Lara havia dito naquela noite, a única estratégia possível neste momento era a de tornar o assunto conhecido e quebrar o tabu que o cercava. Haviam dado início a um processo, que não acabaria ali.

Paulo despertou de seus devaneios acerca da conclusão das investigações pelo barulho da cidade. Estava preso no trânsito do final de tarde na Marginal, cercado por carros de todos os lados, como um inseto preso em um papel pega-moscas, que não pode mover-se em nenhuma direção. À sua frente, e um pouco à esquerda, um enorme cartaz publicitário, montado no topo de um prédio comercial, estava sendo trocado. O risonho elefante roxo estava dando lugar a uma moça na praia, passando uma loção solar. Paulo ficou impressionado com o sorriso e a alegria da moça. Um arrepio percorreu o seu corpo. Ele afastou o pensamento e seguiu adiante no trânsito pesado do final de tarde.

Epílogo

Inhuma, Piauí, Brasil, Sexta-Feira, 31 de Outubro de 2008.

Após quatro dias de viagem, Iolanda Cruz estava parada diante da agência do Banco do Brasil, nesta pequena cidade do interior do Piauí que ela sempre esquecia o nome.

Era quase meio-dia, não havia uma única nuvem no céu e o sol era tão forte que Iolanda achou que fosse queimar a parte de cima do seu chapéu. O calor era sufocante e fazia com que o ar que se respirava parecesse rarefeito.

Embora não fizesse ideia do que aconteceria ali, sabia que a viagem até este lugar afastado era a coisa certa a se fazer.

O seu falecido marido, Salvador Cruz, assim que se casaram, tinha dito certa vez que se alguma coisa viesse a acontecer com ele, ela deveria procurar a única agência do Banco do Brasil de uma pequena cidade do interior do Piauí. Ele havia mostrado, naquela ocasião, que o interior de um dos pés da cama deles era oco e ali ele escondia uma pequena chave, que abria um cofre privado naquela agência bancária. Ele a havia feito jurar que, se algo de fato ocorresse com ele, ela iria em sigilo absoluto para este lugar e esvaziaria o conteúdo do cofre. Depois que ela jurou que faria, ele nunca mais tocou no assunto.

Na época, Iolanda achou o pedido um pouco sinistro, pois não cogitava que algo pudesse acontecer com o homem que tanto amava e que havia sido totalmente dedicado a ela. Ele nunca tinha pedido nada a ela antes e não viria a pedir depois.

Durante a longa viagem, a indiferença que tinha sobre o assunto fora substituída por certa curiosidade. O que haveria no cofre? Não esperava que fosse dinheiro ou algo de valor, pois Salvador, descobrira recentemente, era um homem rico e a havia deixado com muito dinheiro.

Agora, ali estava ela, atendendo ao único pedido do seu falecido marido. Sentiu, pela primeira vez, um frio na barriga. O que a esperava? Tomou coragem, atravessou a rua decididamente e entrou na agência bancária. Foi direto ao gerente, para quem exibiu a sua chave.

O homem a conduziu para uma pequena sala abafada em que estavam os poucos cofres que a agência mantinha. O gerente indicou a ela o seu e a deixou sozinha.

Iolanda respirou fundo e inseriu a chave na abertura do seu cofre. A fechadura emitiu um "clique" e a pequena porta abriu-se.

Ela removeu o conteúdo do cofre que era, para a sua surpresa, constituído apenas por uma pasta muito velha, transbordando de papéis. Iolanda abriu a pasta e espalhou parte de seu conteúdo sobre a mesa que havia na sala. Inspecionou os papéis espalhados à sua frente. Havia textos datilografados e outros escritos à mão, todos em inglês e alguns poucos em espanhol. Além do material escrito, existiam diversas fotografias de pessoas doentes.

Iolanda não fazia ideia de que se tratava, nem por que era tão importante para seu marido que ela tomasse posse destas coisas. Percebeu que Salvador não tinha dito o que é que ela deveria fazer com o conteúdo do cofre. E ela não sabia o que fazer.

Pensou por um instante e então decidiu-se.

Levaria o conteúdo da pasta para o padre Aloísio, que era o responsável pela igreja que ela frequentava. Ele era a pessoa mais inteligente e culta que conhecia, e certamente saberia o que fazer com os documentos.

Guardou cuidadosamente as folhas que estavam sobre a mesa na pasta e saiu.

Porto
de Idéias
EDITORA

www.portodeideias.com.br